Grete Hoyer

Die Holderfrau

und
andere wundersame Geschichten

Herausgegeben von
Renate Thümmel

ISBN: 3-8311-0150-7
© 2000 Alle Rechte liegen bei Renate Thümmel
geb. Hoyer, Eschwege
Umschlaggestaltung: Susanne Koppe, Hildesheim
Herstellung: Libri Books on Demand
Printed in Germany

Inhalt

Unserer Mutter Grete Hoyer
gewidmet in Liebe und Dankbarkeit
für eine wunderbare Kindheit

Marit und die Rotröckchen

Es gab im ganzen Dorf kein so flinkes und fleißiges Mädchen wie Marit, die in dem kleinen, blumenumstandenen Haus hinterm Friedhofe wohnte. Ja, es gab wohl reichere, schmuckere Mädchen, die die schweren, ererbten Stickereien auf Schürze und Haubenband stolz und stattlich zur Schau trugen. Aber frischer und anmutiger schritt niemand in dem weiten Rock als sie. Ja, die Burschen waren sich klar, dass Marit das schönste und sittsamste Mädchen im ganzen Kirchspiel war. Aber sie nahmen doch lieber eine von den reichen und angesehenen Bauerntöchtern zur Frau. Da kam Geld zu Geld und eins zum andern, so war es Sitte bei den jungen Bauernsöhnen.

War Marit traurig darüber? Man wusste es nicht. Sie kam mit ihrem heiteren Gesicht zur Kirche, hielt sich bescheiden aber nicht demütig zurück und hörte so andächtig auf das Wort Gottes, wie wohl selten eine von den stolzen Bauerntöchtern. War die Predigt zu Ende und kam die Reihe an die Bauern, ein Lied zu Ehren Gottes zu singen, so erklang Marits Stimme vom letzten Bänklein klar und tief wie eine Glocke, ob die anderen wollten oder nicht, hier mussten sie dem Kind des Totengräbers den Vorrang lassen.

Die Mädchen hielten keine Freundschaft mit ihr. Wohl war sie freundlich und gefällig zu allen, aber es war etwas in ihren Augen, das die anderen sich nicht zu deuten wussten und was ihnen deshalb missfiel. Sie schoben es auf den Vater, der das Amt hatte, die letzte Ruhestatt zu bereiten für alle, deren Erdenweg zu Ende gegangen war.

Marit dachte nicht darüber nach, was ihr den Weg zu den anderen verschloss. Sie war heiteren und zufriedenen Gemüts. Von ihrem Fenster aus erschien ihr der Friedhof mit den Hügeln der Entschlafenen wie ein stiller, friedlicher Garten mit schönen Blumenbeeten. Das machte ihr Gemüt frei von heftigen Wünschen und unruhigen Gedanken.

Still und kühl war es in dem Hause, in dem uralter Hausrat an den Wänden stand. Geschnitzte und bemalte Truhen und Schränke, altes schweres Zinn auf den Borden zwischen den Fenstern. Gemächlich tickte die wunderliche Uhr, sanft fiel das Licht durch die schönfarbigen, bleigefassten Scheiben.

Dies war auch der ganze Reichtum des kleinen Hauses, auf einen anderen hatten Marits Vorfahren, denen die Vergänglichkeit des irdischen Glückes und Gutes täglich vor den sinnenden Augen stand, keinen Wert gelegt. Auch in Marit war dies Sinnen und Betrachten. Ihre Augen schienen manches zu sehen, was anderen verborgen blieb. Sie dachte viel nach über die Sonderbarkeiten des Lebens, ohne ihre Herzenszufriedenheit dabei zu verlieren. Auch war sie flink bei der Hand und fleißig bei der Arbeit, alles gelang ihr und fügte sich ihr willig. Hätte jemand noch so sehr seine Augen umhergehen lassen in der sanften Dämmerung der alten niedrigen Stube, er hätte nichts zum Tadeln finden können. Es fehlte an nichts, wohin man auch sah. Freundlich ging Marit mit ihrem alten Vater um, der in seinem weißen Haar still im Lehnstuhl saß und der Zeit nachdachte, wie sie so dahingegangen war fast siebzig Jahre lang.

Von ihm hatte Marit die sonderbaren Augen, die keinen Halt machten vor dem Kleid oder Wams, sondern durch den Menschen hindurch zu blicken schienen, der vor ihnen stand. Auch die Vatersmutter hatte diese eindringlichen Augen gehabt. Von ihr hatte Marit mancherlei gehört von den wunderlichen Dingen zwischen Himmel und Erde und manchen alten Brauch bei ihr gesehen, an den die andern Menschen nicht mehr dachten. Getreu hielt sie manches bei, wenn sie es auch nicht verstand. Sie vergaß nicht, bei Sonnenuntergang ein Schüsselchen mit süßer Milch auf die Schwelle des kleinen Stalles zu stellen, in dem die beiden schneeweißen Ziegen standen.

So verging die Zeit. Marit erblühte immer schöner, wenn auch manchmal eine leise, fremde Trauer ihr Herz beschlich. So saß sie am Spinnrad und drehte den blanken, glatten Faden und sann über das, was ihr das Herz wohl schwer machte.

Der Vater war stiller geworden. Müde saß er am Fenster und schaute in das gelbe Laub der herbstlichen Bäume. Er wusste, es war bald an ihm, die Hände für immer still zusammenzulegen. Marit fühlte seinen sinnenden Blick öfter auf sich ruhen, er lächelte manchmal in die Weite dabei, als sähe er vieles voraus. Manchmal, in der stillen Dämmerstunde sah sie seine Augen heiter auf etwas ruhen, was sie nicht sah. Es schien ihm freundlich zuzunicken.

Da dachte sie an die Geschichten von den Rotröckchen, die die Ahne ihr in der Kindheit erzählt hatte. Treuliche Freunde waren sie dem, der sie ehrte und still walten ließ, die winzigen Männlein im roten Wams und Mützlein, mit den altmodischen, spitzen Schuhen aus feinem, gelben Leder, die so leise gingen, dass sie noch niemand hatte kommen hören. Sie sollten diesem Hause zugetan sein und ihm wohl wollen. Für sie stellte die Ahne das Milchschüsselchen auf die Schwelle und buk die seltsamen, doppelten Ringe und alten Zeichen in der letzten Nacht des Jahres.

Marit hatte noch nie eines gesehen. Das sollte auch sehr selten und den Rotröckchen sehr unlieb sein. Eines Nachts erwachte Marit von einer sehr sanften Berührung. Ein winziger Lichtstrahl fiel in ihr Gesicht. Halb schlafend noch sah Marit vor ihrem Bett eine wunderliche, winzige Gestalt, die ein nussgroßes Laternchen hoch über dem Haupte in den alten Händen hielt. „Steh auf", befahl das Rotröckchen, „folge mir."

Marit erhob sich, legte ein Tuch um und folgte dem Winzigen in die Kammer des Vaters. Der lag in Unruhe, das Sterben stand ihm bevor. Friedlich streckte er sich, als Marit eintrat, und als er ihren kleinen Führer erkannte, schien er's zufrieden zu sein. Vielleicht hatte er noch manches sagen wollen; nun musste es ihm genug sein, Marit zu raten, wohl Acht zu geben auf die Freundschaft der Kleinen. Was er sonst noch hatte sagen wollen, musste er für immer verschweigen. Der siebzig Jahre gewartet hatte, wollte nun keine Zeit mehr verlieren. Schnell nahm er die Seele des alten Mannes hinweg und ließ Marit in tiefer Betrübnis allein. Wohl trauerten mit ihr die zwei im roten Wams, denn zu dem einen hatte sich noch ein anderer gesellt, noch älter und wunderlicher als dieser. Aber sie verbargen sich bald wieder vor ihr. Ungern dulden sie die Augen der Menschen auf sich. Marit spürte wohl ihr Walten, sie hörte sie auch manchmal seufzen, wenn sie unversehens in die grüne Dämmerung der alten Stube trat. Es fällt den Kleinen, die solange leben, schwer, von denen zu lassen, denen sie treu gesinnt waren. So kam auch Marit in ein tiefes Sinnen. Eine schwere Trauer um den alten Vater erfüllte sie, kaum dass sie sich noch bei den Menschen sehen ließ. Sie wurde feinhörig und hörte vieles und bekam ihre eigenen Gedanken über das Leben und die Dinge zwischen Himmel und Erde. Saß sie im Lehnstuhl ihres Vaters und schaute durch den grünen Vorhang des dichten Blattwerks in den Totengarten, so sah sie wohl durch die Trauermienen der Geleitleute in kalte, rechnende Herzen oder in schuldbewusste Seelen. Das Herz wurde ihr dunkel vor Sehnsucht nach einem Menschen, der warm und innig zu ihr stünde.

Sie ging wieder hinaus unter die Menschen und sah unruhig nach einer Freundschaft aus. Aber die Dorfleute taten sich noch schwieriger mit ihr als sonst, sie schaute ihnen zu sehr aus den sonderbar hellen, übersichtigen Augen des Vaters und der Ahne in ihre kleine, enge und oft trübe Welt.

Das wäre vielleicht noch lange so gegangen, wäre nicht dem reichen Eichenhofbauern das kranke Weib gestorben, endlich, wie der Bauer und wohl auch andere heimlich meinten. Aber wie es oft so ist, als sie noch lebte, war es ihm erschienen, als sei die sieche Frau zu nichts nütze, nun sah er, dass sie das ganze Hauswesen und mehr noch mit ihren stillen, blassen Händen sicher geleitet hatte. Von den Mägden schien manche Grund zu haben zu dem Glauben, es käme die Reihe des Regierens nun an sie. Es dauerte nicht lange, und es ging drunter und drüber auf dem großen, geschäftigen Hof. Der Streit unter dem Weibervolk nahm kein Ende. Da man nun die leidvollen, ernsten Augen der Bäuerin nicht mehr zu fürchten brauchte, kam im Gezänk manches ans Tageslicht, was der Bauer so laut nicht gern hörte. Er meinte bald, hier gehöre eine feste Hand herein, eine Schafferin, die wohl Lust zur Arbeit, aber keine zum Geschwätz habe, so fiel seine Wahl auf die schweigsame, flinke und fleißige Marit. Ihre warme, dunkle Stimme mochte ihm auch wohl manchmal fremd und schön des Sonntags in den Ohren geklungen haben. Jedenfalls stand er eines Tages in der niedrigen, alten Stube und brachte sein Anliegen vor. Marit hörte schweigend zu. Sie sah wohl, was an Unruhe hinter dem Biedergesicht des Bauern verborgen war. Auch sah sie für einen Augenblick das uralte Gesicht des Rotmützchens sorgenvoll und mahnend hinter dem Ofen hervorlugen.

Doch war ihre Antwort nicht ablehnend und nach Tagen des Bedenkens zog sie in den Eichenhof ein. Sie brauchte nicht lange, um zu sehen, woran es fehlte. Schweigend griff sie zu, wies die Mädchen ruhig an und blieb gelassen vor ihrem Neid. Die Zänkischen ließen sich nicht gerne so lange in die Augen sehen, meinten sie doch, Marits wunderliche Augen könnten zutiefst lesen, was sie lieber verschwiegen hätten.

So fügten sie sich. Wer noch lange murrte, fühlte, dass er bald gehen musste. Auch bekamen sie Respekt vor ihr. War die Arbeit auf dem Hof früher kaum zu bewältigen gewesen, so schien sich jetzt alles spielend zu fügen. Alles wurde zu seiner Zeit fertig, der reiche Hof glänzte vor Sauberkeit und das Gesinde gab sich zufrieden. Auch dem Bauern gefiel die Ordnung auf seinem Hof und der Frieden unter seinen Leuten.

Er schaute bald mit andern Augen hinter Marit her, denn vor ihre Augen trat er nicht gern, auch er glaubte, seine Gedanken seien ihm von der Stirn abzulesen, wenn er vor ihr stand. Und so lange ruhte sein Weib noch nicht unter der Erde, dass er schon vergessen hätte, warum sie nicht glücklich neben ihm war.

Marit selbst blieb lange fremd auf dem Hof; heimisch wurde sie erst, als sie eines Morgens im Stall für einen Schein das Rotmützchen hinter dem Melkeimer hervorlugen sah. So war es mit ihr gekommen und half ihr. Sie wusste nun, warum alles sich so leicht fügte und nichts zu Schaden kam. Geriet doch das Vieh ganz prächtig unter ihren Händen. Da wurde sie froher und stellte dem Rotröckchen ein sauberes Schüsselchen mit süßer Milch zum Dank in einen verborgenen Winkel des Stalles.

Aber ein Hof hat viele Augen und Ohren und so heimlich das Rotmützchen auch sein Wesen trieb, einer musste es doch gesehen haben, wie es einmal sein rotes Mützchen verlor, als es Marit bei einer eiligen Arbeit fleißig zur Hand ging. Marit selbst sah zur Seite und ließ dem Kleinen Zeit, zu seinem Mützchen zu gelangen. Sie wusste, wie ungern sie von uns gesehen werden. Aber der Magd hinter der Tür blieb vor Staunen der Mund offen; es dauerte nicht lange, so sperrten ihn auch die andern vor Neugier und Unglauben auf. Auch der Bauer erfuhr es und es gefiel ihm, solch einen kleinen Helfer auf dem Hof zu haben, der fleißiger war, als der fleißigste Knecht, weniger aß, als das jüngste Kätzchen und auch keinen Lohn verlangte. Er grübelte, wie er sich dieses Schatzes wohl so recht vergewissern könnte. Denn er wusste wohl, dass sein Hof gedeihen und sein Wohlstand zunehmen würde, solange dieser unsichtbare Knecht auf dem Hofe sein würde.

Alles in allem schien er ihm eine ausreichende Aussteuer für die flinke, fleißige und schöne Marit zu sein, von der er sich gar wohl denken konnte, dass sie eine schmucke und respektvolle Bäuerin an seiner Seite werden könnte.

So überlegte er nicht lange, gar zu gern hätte er das Rotröckchen einmal mit eigenen Augen gesehen. In seinem listigen Sinn dachte er, dass es wohl noch anderes vermöchte, als einem großen Hof zu Gedeih und Wohlstand zu verhelfen. Gewiss konnte es Gold machen und Schätze finden. Es hätte dem Bauern wohl gefallen, den kleinen Goldmacher etwas fester in seine Dienste zu nehmen. Vielleicht konnte man ihn anbinden oder einsperren. Er dachte es sich nicht so genau, aber er würde die Gelegenheit schon nicht vorbei gehen lassen, sich allerlei Wünsche von dem zauberkundigen Rotröckchen erfüllen zu lassen. Je mehr seine Gedanken diese Wege gingen, um so weniger dachte er an Marit . Sie wäre keine üble Beigabe, immerhin mochte sie mit ihren fleißigen Händen auf dem Hofe schaffen. So wartete er, dass es sich einmal so recht nach seinem Sinn fügen möchte.

Als eines Tages das Gesinde bis auf ein paar alte Leute zum Kirmestanz gegangen war, schien es dem Bauern günstig und er trat auf Marit zu, die allein über den Milchbüchern saß. Er habe mit ihr zu reden, sagte er, und da er zur Brautwerbung nicht anders stand wie zu einem Kälberkauf und Kuhhandel, so machte er nicht viel Umschweife.

So und so, sie gefalle ihm, fleißig sei sie auch. Zwar sei sie arm und der Hof sei groß und wohlhabend. Aber er wolle nicht so auf die Mitgift sehen, hätte sie doch etwas mitgebracht, was die andern nicht haben. Dabei zwinkerte er listig mit den Augen und wäre in seiner groben Bauernart gern etwas zärtlich geworden, um ein Übriges zu tun, hätten ihn nicht Marits klare, stille Augen davon abgehalten.

Was er damit meine, was sie mitgebracht habe, fragte Marit und sah den Bauern aufmerksam an. „Nun, den Kleinen mit der roten Mütze, die Mägde sagen alle, sie haben ihn gesehen."

„Bisher dachte ich, es sei dem Bauern nicht recht, wenn man auf alles hört, was die Mägde sagen", meinte Marit langsam. „Drum sperre dich nicht", entgegnete der Bauer ärgerlich, „ich biete dir ein schönes Leben auf dem Hof. Du bist arm und elternlos, du kannst Bäuerin auf dem größten Hof ringsum werden. Ich verlange nur, dass du mir den Kleinen im roten Rock verschreibst; er soll fortan dem Hof gehören und mir zu Diensten sein. Willigst du ein, so können wir nächsten Sonntag den Verspruch feiern, es soll an nichts fehlen."

Marit sah an des Bauern Gesicht vorbei, sie sah das Rotröckchen hinter dem Schrank hervorlugen, erschrocken sahen sie die alten Augen an, Marit lächelte.

„Daraus kann nichts werden, Bauer", sagte sie ruhig, fast fröhlich. „Arm passt nicht zu reich, und der, von dem Ihr redet, ist fürwahr sein eigener Herr. Auch weiß ich nicht viel mehr von ihm als Ihr. Er geht und kommt nach seinem Willen und Ihr würdet ihn nur vertreiben zum Schaden Eures Hofes."

„Du bist eine dumme Gans", sagte der Bauer zornrot. „Du weißt nicht, was dein Glück ist. Du bist nicht die einzige, die mir als Bäuerin passt und die mehr mitbringt, als ein hübsches Frätzchen. Bist du es nicht, ist es eine andere, es warten genug darauf, Eichenhoferin zu werden und sich ins warme Nest zu setzen." „Ich will Eurem Glück nicht im Wege stehen", sagte Marit ruhig und ging still hinaus, indessen der Bauer aufs höchste verärgert drinnen blieb. Er verwandt das fehlgegangene Geschäft nicht so schnell und da er in seinem plumpen Sinn dachte, Marit wolle sich nur bitten lassen, um ihn vergessen zu lassen, dass sie arm und so ganz unvermögend sei, fand sie vor dem hartnäckigen Bauern keine Ruhe.

Nun war ihres Bleibens nicht mehr lange. Als es an der Zeit war, legte sie ihr Mitgebrachtes zusammen, lud es auf ein Wägelein und zog nach kurzem Abschied von dem murrenden und scheltenden Bauern davon, heim in das Häuschen unter den stillen Bäumen.

Als sie sich an der Wegbiegung noch einmal umsah nach dem schönen Hof unter der mächtigen Eiche, da sah sie das Rotröckchen mit heiterem Gesicht auf der buntgemalten Truhe sitzen. Das zipflige Rotmützchen saß ihm hinten auf dem weißen Schopf, vergnügt baumelte es mit den dünnen Beinen in den altmodischen gelben Lederschuhen. Da lächelte auch sie zufrieden und sie freute sich auf die stille grüne Dämmerung in der alten, niederen Stube.

Aber es ging ihr sonderbar. Sie fand keine Ruhe in dem stillen Hause. Ob es daran lag, dass sie gewöhnt war, im Großen zu schaffen und zu walten? Es war ihr alles zu still und zu wenig im Haus. Unruhe befiel sie, sie sehnte sich und wusste nicht wonach. Jedoch dachte sie nie daran, zurückzukehren in den Eichenhof. Des Bauern Gedanken waren ihr nicht verborgen geblieben, auch stand ihr das stille Leidensgesicht seines verstorbenen Weibes ihr noch zu deutlich vor den Augen. So ging sie umher, unmutig und unruhig, sie fand nicht, was sie suchte, mochte sie noch so sehr grübeln.

Das Rotröckchen, das sich so recht von Herzen wohlfühlte in dem vertrauten, stillen Haus und das der Kameradschaft des anderen im roten Röckchen, der daheim geblieben war, so recht froh war, sah ihre Unruhe und setzte sich mit ihm zu Rate. Es lag ihm daran, ihr seine Dankbarkeit zu bekunden, da sie ja für ihn den reichen Eichenhofbauern ausgeschlagen hatte.

Eines Tages, als es ihm des Seufzens zuviel war, trat es im Dämmern vor sie hin und sagte: „Morgen ist ein Tag, an dem du in die Stadt auf den Markt gehen sollst. Gehe nur früh und warte eine

Weile, das Richtige wird sich dann schon finden", sagte er geheimnisvoll zu der erstaunten Marit. Sie hätte gern noch gefragt, aber er sah sie nur mahnend an und verschwand.

Marit wollte nachdenken, was es wohl auf sich habe mit diesem Rat, aber unversehens überfiel sie eine solche Freudigkeit, eine Lust zu singen und geschäftig zu sein, dass sie das Grübeln vergaß und sich einer frohen Beschäftigung hingab. Sie holte ihre schönsten Kleider hervor und legte sie an, legte das buntfarbene Schultertuch in zierliche Falten um die Schultern, suchte ihr Weniges an altem aber schönem Schmuck hervor, das sie noch von der Mutter besaß und schmückte sich damit. So geschmückt stand sie vor dem alten blinden Spiegel und schaute hinein. War es nur die Freudigkeit und heitere Laune oder war es wirklich so, jedenfalls konnte zur selben Zeit wohl kein schmuckeres, strahlenderes Mädchen vor dem Spiegel stehen als hier in Marits dämmeriger, alter Stube.

Sie konnte nun kaum den andern Morgen erwarten. Eilig und flinken Fußes begab sie sich noch in der kühlen Frühe auf den weiten Weg in die Stadt. Lange war sie nicht dort gewesen und frohe Erwartung erfüllte sie. Als sie durch den lichten Wald ging, sang sie fröhlich vor sich hin. In der Stadt verging ihr die Fröhlichkeit. Ein wenig verzagt stand sie auf dem Markt inmitten der geputzten Leute, die dort mit feingeflochtenen Körben und Taschen einkauften, was sie zu brauchen glaubten. Mancher Blick der vornehmen, blassen Frauen fiel auf das schmucke, blühende Mädchen, das in seiner schönen Tracht dastand und die hellen Augen umherschweifen ließ. Allmählich fand Marit Gefallen an dem Treiben. Sie schaute munter um sich und wartete getrost auf das, was ihr das Rotröckchen verheißen hatte. Über dem Zuschauen vergaß sie fast, warum sie hier stand. Sie stand und schaute, lächelte und grüßte heiter wieder, wenn ein Städter oder eine Städterin dem schönen, frischen Landmädchen freundlichen Gruß bot.

Unversehens fiel ihr Blick auf ein ländliches Gefährt, das ein junger Bauer ruhigen Schritts durch die Menge führte. Blank waren die Pferde, die Sonne spiegelte sich in den blitzenden Knöpfen des stattlichen Zaumzeugs. Nicht minder stattlich schritt der junge

Bauer einher, sein braunes Gesicht war offen und freundlich, doch von schöner Würde. Er blickte ruhig in die Menge, doch schien er etwas zu suchen, aber ohne Hast.

Marit sah ihn kommen und vorübergehen, sie sah auch nicht fort, als der junge Bauer sein Gesicht erstaunt ihr zuwandte. Ihr schien fast, als wollte er stehen bleiben, aber er ging weiter, langsamer als zuvor. Vor der Schenke am Markt ließ er das Gefährt halten und trat langsam ein, nicht ohne sich noch einmal verstohlen umzudrehen.

Marit stand noch immer, es war ihr ein wenig, als sei die Sonne auf- und wieder untergegangen. Am Klopfen ihres Herzens merkte sie, dass dieses wohl das Richtige gewesen sein mochte, auf das zu warten sie das Männlein geheißen hatte.

Da es nun vorübergegangen war und das Treiben der Menge ihr keine Freude mehr machte, wandte sie sich langsam und ging traurig fort. Hatten ihre Füße sie freudig und willig in die Stadt getragen, so trugen sie sie ohne Lust wieder hinaus. Als sie in den Wald kam, erwachte bei dem fröhlichen Gesang der Vögel auch in ihrem Herzen wieder die Freudigkeit. Sie entließ die Traurigkeit aus ihrem Herzen und war getrost. Das Männlein hatte sie wohl nicht in die Stadt geschickt, damit sie traurig daraus zurückkäme.

Und da ihr immer war, als müsse sie noch auf etwas warten, setzte sie sich am Rande des Waldes auf einen moosigen Stein und schaute still in das friedliche Land. Der Blick schweifte den Weg voraus nach ihrem Heimatdörfchen, das noch zwei gute Stunden entfernt in einer sanften Mulde lag.

Wie sie so sann und schaute, hörte sie im Walde hinter sich ein Gefährt sich nähern, und ohne dass sie sich wandte, wusste sie, wer dort näher kam. Als der junge Bauer sie so sitzen sah, rief er sie freundlich an: „Bist du müde geworden? Wenn wir den gleichen Weg haben, so steige nur mit auf, der Wagen ist ja leer."

Marit besann sich nicht lange, der junge Bauer schaute sie so herzlich und vertraut an, so mochte es ihr wohl leicht fallen, sich auf den schmalen Sitz neben ihn zu setzen. Gemächlich zogen die Pferde wieder an, und wie sie so freudig in den schönen Tag voraus gingen, mutwillig die Köpfe warfen und sich die Sonne in ihrem blanken Fell spiegelte, da wären die beiden gern ihr Leben lang so miteinander in die schöne Welt gefahren. Auch schien es ihnen nach einer kurzen Weile, als kennten sie sich schon sehr lange und hätten einander nur Liebes und Gutes erwiesen bis dahin. Schwiegen sie zuerst, so fingen sie bald ein heiteres Erzählen an und fragten sich nach dem Woher und Wohin. Es erwies sich, dass der Bauer aus einem Nachbardörfchen stammte, das eine Stunde entfernt von Marits Heimat lag. Eine Weile noch hatten sie gemeinsamen Weg, dann trennten sich die Wege und liefen in einem weiten Bogen auseinander. Als sie an dies dachten, da schwiegen sie lange.

„Hattest du jemand in der Stadt besucht oder wolltest du dir etwas kaufen?", fragte der junge Bauer nach einer Weile vorsichtig.

Marit vermochte nicht zu antworten, ihr klopfte das Herz zu sehr. Wie sie so schwieg, betrachtete sie der Bauer von der Seite. Es mochte ihm wohl gefallen haben, was er besah, denn er fasste sich ein Herz, schaute sie herzlich an und sprach: „Mir ist es so wunderlich gegangen die letzte Nacht. Mir träumte, ein winziges, greisaltes Männlein im roten Rock hätte mich aufgeweckt. Es trug ein goldenes Spiegelchen in der Hand und befahl mir hineinzusehen. Da sah ich die Stadt und sah ein schönes, feines Mädchen stehen, das sah sich suchend um. Dann sah ich mich selbst mit meinem Wagen kommen. Als das Mädchen im roten Rock mich sah, da lachte es gar hold. Aber dann war der Traum aus, und da er mir nicht aus dem Sinn kam, spannte ich an und fuhr in die Stadt. Das Mädchen sah aus wie du, aber du lachtest nicht, als ich kam."

Marit schwieg, es war alles so wunderlich. Und da der junge Bauer sie bat, erzählte sie ihm alles. Wie sie dem Eichenhofer gedient hatte, wie er das Rotröckchen begehrte und wie ihr zuletzt der Kleine geraten habe, in die Stadt zu fahren, dort würde sie das Richtige schon finden. „Sagte er, 'das' Richtige oder 'der' Richtige wird sich schon finden?", fragte der Bauer ernst, aber er konnte das schelmische Lächeln doch nicht ganz verbergen. „Ich weiß nicht", sagte Marit verwirrt, „vielleicht sagte er auch 'der' Richtige wird sich schon finden."

Da lachte der junge Bauer fröhlich und er nahm sie in seinen Arm. „Das kluge Männlein hat Recht, der Richtige hat sich wirklich gefunden." Da lachte Marit so recht froh. „Nun siehst du aus wie das Mädchen im Traum, du bist also die Richtige für mich, nur bist du noch viel schöner und holder." Und er gab ihr einen herzlichen Kuss. Vielleicht waren es auch mehr. Als sie sich wieder umschauten, da waren die klugen Pferde weitergegangen. Der Weg in Marits Dörfchen lag schon weit hinter ihnen.

„Das schadet nichts", sagte der junge Bauer heiter, „ich brauche sowieso nötig eine Frau. Nun komm nur gleich mit und schau dir unseren Hof an."

Da musste Marit sich wohl fügen. Niemand weiß etwas davon, ob es ihr sehr schwer fiel. Jedenfalls fand der Bauer immer wieder, dass sie so aussehe wie sein Traummädchen.

So waren sie sich von Herzen einig. Marits Herz wurde warm vor Freude, als sie den schmucken großen Hof so prächtig zwischen den blühenden Obstbäumen liegen sah. Aber als sie in die schöne Stube mit den alten geschnitzten Schränken trat, da sah sie etwas Rotes hinter der Truhe hervorlugen. Und als sie näher hinsah, da war es das Rotröckchen, das sie schelmisch ansah.

Da war Marit so recht von Herzen froh. Das Männlein blieb getreu bei ihnen und sie ehrten es sehr. Hatte er es doch so weislich gefügt, dass der Richtige die Richtige bekam.

Siebentau

Da lebte einmal ein junger Holzfäller mit seiner Frau im Walde. Sie waren arm, aber gesund und zufrieden und wünschten sich von Herzen ein Kind, damit sie nicht mehr so allein wären im Walde. Die junge Frau ging eines Tages ganz früh in den Wald. Sie kam an einer schönen, grünen Wiese vorbei. Der Morgentau hing in klaren Tropfen an den Gräsern. Die Morgensonne spiegelte sich darinnen, das blinkte und glänzte, das glitzerte und funkelte, als sei die ganze Wiese mit blitzenden Diamanten bestreut.

„Ach", sagte die junge Frau, „wie schön ist doch der blanke Morgentau, ich möchte ein Mädchen haben, das müsste so schön sein wie dieser Tau, ja siebenmal schöner noch müsste es sein. Da wollte ich meine helle Freude an dem Kinde haben."

Als nun das Mägdlein zur Welt kam, da war es so schön, wie seine Mutter es gewünscht hatte. Jeder, der es sah, war glücklich über das Kind. Es hatte Augen so hell wie die Sterne und Haare so golden wie der Morgensonnenschein. Und es bekam den Namen Siebentau. Die Mutter konnte sich nicht satt sehen an des Kindes Schönheit. Je älter es wurde, um so lieblicher wurde es, so dass ihm ein jeder von Herzen gut war.

Eines Tages aber kam großes Unglück über die kleine Familie. Der Holzfäller wurde von einem Baum erschlagen und die Mutter geriet in Armut und Not. Da band sie Siebentau ein grobes Tuch um den Kopf, damit man ihre Schönheit nicht so sehen konnte und brachte sie auf einen Bauernhof, dort sollte sie die Gänse hüten. Jeden Morgen trieb Siebentau die Gänse hinaus auf die Weide. Sie machten ihr nicht viel Mühe. Während sie dasaß und sich Weidenkörbchen flocht, saßen die Gänse um sie herum, schauten Siebentau an und schnatterten leise miteinander. Wenn die Gänse abends aber auf den Bauernhof zurückkehrten, so stürzten sie sich heißhungrig auf den Futternapf und konnten sich nicht satt fressen. „Was ist das für eine Wirtschaft?", sagte die Bäuerin, „habt ihr denn den ganzen Tag auf der Weide nichts gefressen, dass ihr so hungrig seid?"

„Das Trinken und das Essen,
das haben wir vergessen,
wir haben nur Siebentau angeseh'n,
ach Gott, wie ist das Kind so schön!",
riefen die Gänse.

„Das sind ja schöne Sachen", sagte die Bäuerin ärgerlich, „von Siebentaus Schönheit werdet ihr nicht fett und zum Fettwerden seid ihr doch da!" Und sie rief Siebentau und nahm ihr das grobe Kopftuch ab. Wie erstaunte sie, als sie des Mädchens große Lieblichkeit sah. „Du bist wahrhaftig zu schön für die dummen Gänse", rief die Bäuerin. „Gehe du lieber morgen früh mit den Mägden aufs Feld, um die Ähren zu binden."
Als Siebentau am anderen Morgen aufs Feld kam, da hörten die Knechte und Mägde mit der Arbeit auf. Wie die liebe Morgensonne kam sie dahergegangen, auch der Bauer ließ das Mähen sein und staunte Siebentau an.
„Es ist nichts mit dir bei uns auf dem Hof", sagte die Bäuerin am Abend. „Du bist zu schön für uns Bauersleute. Schau nur, wie sie alle dastehen und sich den Kopf nach dir verdrehen." Und sie schickte die müßigen Knechte fort an die Arbeit und schalt mit den Mägden. Siebentau aber musste sich eine andere Arbeit suchen.
Sie kam auf einen anderen Hof, aber hier erging es ihr auch nicht viel besser. Niemand hatte mehr Lust zur Arbeit. Alle wollten nur dastehen und Siebentau anschauen. Selbst die Tiere waren ganz vernarrt in sie. Die Hühner und Gänse folgten ihr auf Schritt und Tritt, und kam sie in den Kuhstall, so wollten alle Kühe nur noch von ihr gemolken werden.
„Du gehörst nicht auf einen Bauernhof, Siebentau", sagte die alte Bäuerin zu ihr. „Gehe du ins Schloss zur Königin. Sie hat drei schöne Töchter. Du bist so zart und fein, dass sie dich gewiss als Kammerjungfer annehmen." Da ging Siebentau aufs königliche Schloss und fragte, ob sie nicht Kammerjungfer werden könnte.
„Niedlich bist du ja", sagte die Königin zu ihr. „Ziehe du deine groben Kleider aus, dann werden wir ja sehen, ob du hübsch genug

bist für eine königliche Kammerjungfer." Und Siebentau bekam ein schönes Gewand, zierliche Schuhe und seidene Bänder für ihr langes Haar.

Als sie nun den Saal betrat, da stand der König auf und verneigte sich ehrerbietig vor ihr. „Mann", sagte die Königin ärgerlich, „das ist doch nur unsere neue Kammerjungfer."

„Oh!", sagte der König, „sie ist von auserlesener Schönheit." Und er nahm Siebentau bei der Hand und führte sie vor seinen Thron. Dort musste sie sich auf ein goldenes Schemelchen zu seinen Füßen setzen. Der König vergaß ganz das Regieren, er sah immerzu Siebentaus große Schönheit an. Jeder sah, dass die Kammerjungfer viel, viel lieblicher war, als die drei Prinzessinnen.

„Sie ist wie eine Rose unter lauter Gänseblümchen", sagte leise einer der Hofherren zu einem anderen. „Schöner und lieblicher noch", antwortete dieser, „sie ist wie der Abendstern unter lauter Dreipfennigskerzen." Und jeder rühmte und pries Siebentau und konnte sich nicht satt sehen an ihr.

Das verdross die Königin und sie schickte Siebentau wieder fort aus dem Schloss. „Du bist zu schön für den königlichen Hof. Gehe du fort in ein anderes Land, denn hier sollen meine drei Töchter die schönsten sein", sagte sie.

Da musste Siebentau wieder wandern, und sie ging in den Wald zurück. Eines Tages, als sie schon ganz müde und verzagt war, da kam sie an ein kleines Häuschen. Darin wohnte eine uralte Frau, die nahm sie freundlich bei sich auf. Lange wohnte Siebentau bei ihr im Walde. Da wurde die alte Frau krank und schickte Siebentau in die Stadt, Arznei zu holen.

Als die Jungfrau Siebentau wieder unter die Menschen trat, da gerieten sie alle vor Entzücken außer sich.

„Schaut!", riefen die einen, „die himmlische Sonne kommt dahergegangen!" „Oh!", sagten die anderen, „sie ist schöner als die Sonne, sie ist so schön wie Sonne, Mond und Sterne zusammen!" „Ja", riefen die Leute, „ihre Schönheit leuchtet heller als die Sonne, heller als die Sterne in der Nacht!" Als die Sonne das hörte, verdross es sie sehr und sie verwünschte das Mädchen tief unter die

Erde in eine Felsenkammer, damit niemand es mehr sehen könne. Da saß nun Siebentau in Finsternis und Nacht und weinte in ihrer Einsamkeit. Das dauerte die Tiere, die in der finsteren Erde wohnen. Maulwürfe und Siebenschläfer kamen und trösteten sie. „Wir wissen eine Höhle", riefen sie, „die ist prächtiger als ein königliches Schloss. Funkelnde Säulen tragen eine schimmernde Decke, ein Thron von Bergkristall wartet auf dich und deine Schönheit. Darin wohne du, auf dass wir Frieden hätten, denn das Licht deiner Schönheit durchdringt die Erde und stört unseren Schlaf."

Und sie gruben einen Gang bis zu der Felsengrotte und führten Siebentau hinein. Da saß das Mädchen auf dem Thron aus Bergkristall und sie lauschte den Tropfen, die von der Decke fielen. Das klang wie ein liebliches Saitenspiel. Siebentaus Schönheit aber durchleuchtete den unterirdischen Saal und ließ die blanken Säulen und Bogengänge schimmern und glänzen. Siebentau weinte in ihrer Einsamkeit und ihre Tränen fielen wie Perlen auf die Erde.

In der Tiefe der Berge aber lebt das mächtige Volk der Zwerge, die die unterirdischen Schätze hüten und bewahren. Die fanden Siebentau, angelockt von dem Licht, das von ihr ausstrahlte. Sie verneigten sich tief vor ihr und fragten sie, ob sie die Erdkönigin sei.

„Ach nein", antwortete das Mädchen, „ich bin nur die Jungfrau Siebentau. Die Sonne hat mich hierher verbannt." Da nahmen die Zwerge sie bei der Hand und führten sie vor ihren Herrn, den Zwergenkönig. Der war uralt und sein langer Bart schimmerte wie Silber. Er saß auf einem Thron von Gold und Rubinen und trug die kostbare Zwergenkrone auf seinem Haupt. Lange betrachtete der König die Jungfrau Siebentau. „Alle Schätze und Reichtümer der Erde sind mein", sagte er, „nichts aber besitze ich, was so auserlesen schön ist wie du. Darum sollst du meine Gemahlin werden und alle Kostbarkeiten der Berge sollen dir gehören. Das mächtige Volk der Zwerge soll allen deinen Wünschen dienen."

Da betrübte sich Siebentau, dass sie für immer in der dunklen Erde bleiben sollte. Sie bat den König, ihr Bedenkzeit zu geben. Da führten die Zwerge sie zurück in die Felsengrotte und brachten ihr

Speise und Trank. Siebentau aber sehnte sich nach der Erde, nach den Blumen und Bäumen, und sie bat eine alte Erdkröte, die gekrochen kam, sie möchte ihr doch helfen. Die Kröte hatte Mitleid mit ihrer Jugend und Schönheit und zeigte ihr einen Gang hinauf auf die Erde.

Siebentau war überglücklich, als sie die Sonne wieder sah und küsste in ihrer Freude die Blumen und Bäume. Und alle Natur entzückte sich über Siebentaus strahlende Schönheit, die in der Finsternis der Erde nur noch strahlender geworden war. Die Sonne aber zürnte immer noch mit Siebentau. Als sie sah, dass des Mädchens Lieblichkeit alle mehr beglückte als ihr eigenes Angesicht, da verwünschte sie Siebentau in die Tiefen des Meeres. Und Siebentau fand sich gefangen in einem gläsernen Kämmerlein und die Fische der Tiefe kamen und bewunderten sie.

Es wohnte aber ein alter, grünhaariger Wassermann in der Tiefe der See, der hatte sieben Söhne. Die wunderten sich, warum es auf einmal so hell geworden war auf dem Meeresgrund, sie sahen Siebentau in ihrem durchsichtigen Kämmerlein und verliebten sich alle sieben in großer Eile in sie.

„Wie ist sie so schön!", riefen sie alle bewundernd aus, und jeder wollte sie zur Frau haben. Da wurden sie zornig aufeinander und stritten sich heftig um Siebentau. Das Mädchen zitterte vor Furcht, denn das Meer erbebte und erbrauste von dem Streit der jungen Wassermänner. Da kam der alte Meerkönig geschwommen und Seesterne und Krebse hingen in seinem grünen Bart.

„Was ist das für ein Getobe?", fragte er ärgerlich, „könnt ihr nicht Ruhe geben, ihr Wildfänge?" Da erzählten ihm die Söhne von dem wunderschönen Mädchen in der Glaskugel und dass ein jeder sie zur Frau haben wolle.

„Hört einmal mit dem Lärm auf und macht nicht soviel Wellen, dass ich das Mädchen auch einmal sehen kann", gebot der Alte. Und die Söhne schwiegen. Der alte Meerkönig betrachtete lange voll Erstaunen die gefangene Siebentau. „Sie ist wahrhaftig schöner als alles, was im Meere lebt", sagte er endlich und strich sich die Algen und Seesterne aus seinem Bart. „Sie ist weiß Gott zu schön für euch

Flegel. Ich selbst werde sie heiraten und sie zur Königin des Meeres machen."

Da murrten die Söhne und der König trieb sie scheltend heim. Inzwischen kam ein schönes, junges Nixlein geschwommen, das betrachtete sich Siebentau. „Schön bist du wahrhaftig", sagte es endlich, „tausendmal schöner als ich. Aber ich will den alten Seekönig heiraten und als Königin im Meer herrschen. Gehe du zur Erde zurück und störe mir meinen Frieden nicht."

Da löste sie die gläserne Kugel aus Tang und Schlinggewächsen und brachte sie hinauf ans Licht. Es war eine klare Sternennacht, Siebentaus gläsernes Schifflein trieb auf eine Insel zu und zerbrach. Da saß sie auf kalten Steinen im Meer und dachte trauernd nach.

„Ach, wäre ich nur nicht so schön", seufzte sie, „auf der ganzen Welt habe ich keinen Frieden. Die Menschen können mich nicht gebrauchen, die Sonne hat mich von ihrem Angesicht verbannt und weder in der Tiefe des Meeres noch in der Tiefe der Erde habe ich meine Ruhe. Was wäre mir lieber, als hier in den kalten Wellen zu ertrinken." Und sie saß und weinte und blickte traurig in die Sterne.

Da fiel ein heller Stern hernieder und zog eine leuchtende Spur über den Himmel bis zu der kleinen Insel, auf der Siebentau in ihren Tränen saß. Über diese silberne Brücke kam ein hoher Mann herabgeschritten in einem weiten, nachtblauen Mantel. Einen Kranz von Sternen trug er in seinem dunklen Haar. Lächelnd ergriff er des Mädchens Hand.

„Weine nicht, Jungfrau Siebentau", sagte er mit wohlklingender Stimme. „Zu groß ist deine Schönheit für die Erde und den Tag. Komme du zu uns hinauf zu den Sternen. Ein himmlisches Amt will ich dir geben. Du sollst den Menschen nur noch nachts in ihren Träumen erscheinen und sie mit himmlischem Tau laben und erquicken. Tief wird die Sehnsucht nach deiner sternenhaften Schönheit und Reinheit in den Herzen der Menschen leben. In die Sterne will ich dich entrücken und du wirst den Menschen ewig unvergesslich sein." Da stand Siebentau auf und wanderte an seiner Hand über die schimmernde Silberbrücke hinauf zu den Sternen.

Wenn nun die Menschen nachts sehnsüchtig emporschauen zu den klaren Sternen oder in ihren Träumen etwas suchen, was sie verloren haben, dann tritt Siebentau mit ihrem lichten Lächeln zu ihnen, tröstet sie und bietet ihnen in einer silbernen Schale himmlischen Tau. Getröstet finden dann ihre Herzen Ruhe.

Tanz um die Spindel

Es war einmal ein Mädchen, dem war es das Liebste auf der Welt, wenn es zum Tanzen gehen konnte. Wie sang und sprang es schon den ganzen Tag und freute sich vom frühen Morgen an, wenn es abends zum Tanz unter die Dorflinde ging. Es war auch die flinkste Tänzerin im ganzen Dorf, niemand war so unermüdlich im Reigentanz wie sie.

Nun war das Mädchen aber arm und stand allein auf der Welt, denn seine Eltern waren ihm früh gestorben. So musste es sich selbst sein Brot verdienen. In einem Rumpelkämmerchen in seiner Hütte fand es ein altes, vergessenes Spinnrad, das war mit Rosen, Herzen und feinen Vögelchen bemalt. Es hatte ein paar seltsame Zeichen auf der Spindel, die das Mädchen nicht zu lesen verstand.

Dies Spinnrad nahm es mit in sein Kämmerlein, reinigte es sorgfältig von Staub und Spinnweben und fand ein großes Wohlgefallen an dem schönen Gerät.

„Ach, wenn ich doch spinnen könnte", dachte es, „wie gern wollte ich spinnen und feine Leinwand weben."

In der Nacht, als es schlief und der Mond ins Kämmerlein schien, fing das Spinnrad an sich zu drehen. Ei, wie schnurrte das Rad und drehte sich geschwind, war doch das Spinnweiblein froh, dass es wieder tanzen konnte. Emsig sang es sein Liedlein:

„Schnurre, Spindel, schnurre,
dreh dich, Rädlein, dreh dich fein,
surre, Faden, surre,
tanzen will das Flachsweiblein,
tanzen um die Spindel!"

Und es schwang sich mit seinen bloßen Füßen geschwind um die Spindel, dass ihm das flachsfarbene Haar nur so hinterdrein wehte.

Das Mädchen erwachte. Es hörte das Schnurren und sah mit Erstaunen, wie das alte Spinnrad im silbrigen Mondenlicht einen langen, glänzenden Faden spann. Da sprang es aus dem Bett und trat hinzu, aber rucks! machte das Spinnrad und stand stille. Und so lange das Mädchen auch stand und wartete, die Spindel rührte sich nicht. Da dachte es, es hätte geträumt und legte sich nieder. Es konnte aber nicht schlafen, und es dauerte nicht lange, da fing das Spinnrad heimlich wieder an zu sumsen und zu schnurren. Weil das Mädchen sich leise verhielt, wurde die Spindelfrau wieder mutig. Sie tanzte und sang nach Herzenslust.

Lange sah das Mädchen voll Erstaunen zu. Wie sehr gefiel ihm dieser flinke Tanz um die Spindel im Mondenschein. „Ach, wer doch auch so tanzen könnte, flink wie der Wind, dass Röcke und Haare fliegen!", seufzte es vor sich hin.

Rucks! machte das Spinnrad wieder und stand stille. Wie bat das Mädchen die Spindelfrau, sie möge sich doch nicht fürchten. „Gar so schön ist, wie du tanzen kannst", sagte sie, „wäre es nicht viel schöner zu zweien?"

Das Spindelfräulein schaute lachend hinter der Spindel hervor: „Das kannst du nicht", sagte es ernsthaft, „nur eine Weile und du würdest wie tot umfallen. Aber ich will dich das Spinnen lehren, zum Dank dafür, dass du mich aus dem staubigen Winkel befreit hast!"

So setzte sich das Mädchen an das Spinnrad und das Fräulein aus der Spindel war ein kluger und gar fleißiger Lehrmeister. Das Rädlein schnurrte emsig und das Mädchen drehte geschwind den Faden.

„So ist es recht", lachte das Weibchen, schüttelte das helle Flachshaar und schwang sich um die Spindel. Aber dem Mädchen ging es wunderlich. Es musste immer auf die kleinen, flinken Füße sehen und rucks, ehe es sich versah, war der Faden gerissen.

Zornig sprang die Kleine von der Spindel. „Gib acht!", sagte sie böse, „du brichst mir die Füße und zerreißt mir das Haar. Wie soll ich tanzen, wenn du nicht Acht gibst auf den Faden!" Da versprach das Mädchen, sich Mühe zu geben. „Zürne mir nicht", bat sie, „du tanztest so lieblich, da vergaß ich den Faden."

Die Spindelfrau lachte und mahnte: „Gehe nun zur Ruhe. Genug ist's für heute. Auch tun mir schon die Füße weh vom Tanz um die Spindel. Habe ich doch fast hundert Jahre geruht. Gute Freundschaft will ich dir halten, weil du mich aus dem langen Schlaf befreit hast. Morgen Nacht wollen wir wieder tanzen." Und sie wickelte sich in ihr langes, flächsernes Haar und schlief augenblicks auf der Spindel ein. Da ging auch das Mädchen fröhlich zur Ruhe. Wie erstaunte es, als es am andern Morgen an das Spinnrad trat. Glatt und blank war der Faden, den es gesponnen hatte, und die ganze Spule war voll. Die Spindelfrau ließ sich jedoch nicht sehen. Nun wickelte es den Faden ab und war so froh, dass es den ganzen Tag summte und sang. Es probierte auch den Spindeltanz, aber es brachte ihn nicht so geschwind heraus. Zuletzt wurde ihm ganz wirr im Kopf und es ließ das Tanzen sein.

Als es dunkelte, ging es zur Ruhe, doch es wachte wieder auf, als der Mond ins Kämmerchen schien. Flink sprang es auf und trat ans Spinnrad. Das drehte sich leise und die Spindelfrau wartete schon. „Geschwind, geschwind", sagte sie fröhlich, „wir wollen fleißig sein, habe ich doch solche Lust zum Tanzen."

Da setzte sich das Mädchen ans Rad und schnurr!, begann es sich geschwind zu drehen. Ei, wie tanzte die Spindelfrau, wie schwang sie die Röcklein und hob die kleinen, weißen Füße. Das Mädchen war fleißig und das Spindelweiblein war sehr zufrieden.

„Nun ist genug getanzt und gesponnen, zur Ruhe wollen wir gehen. Noch eine Nacht wird der Mond uns scheinen, dann wirst du spinnen können und kannst dich auch am Tag ans Spinnrad setzen. Doch wirst du mich nicht sehen. Sei fleißig, Kind, denn tanzen, tanzen muss ich um die Spindel. Wenn es im nächsten Mond wieder hell ist in der Kammer, so wollen wir wieder beisammen sein." Und es schlug sein feines Haar wie einen Mantel um sich und schlief ein. So ging es auch in der nächsten Nacht. Am folgenden Tage begann das Mädchen schon am Morgen zu spinnen. Es gab sich Mühe, doch wurde der Faden nicht so klar und fein. Auch fehlte ihm die kleine Gesellin mit ihrem Tanzen und so sang es allein für sich hin:

„Schnurre, Spindel, schnurre,
dreh dich, Rädlein, dreh dich fein,
surre, Faden, surre,
tanzen will das Flachsweiblein,
tanzen um die Spindel!"

Da drehte sich das Rädchen noch einmal so flink und ehe sich das Mädchen versah, war die Spule voll.

Nun erst merkte es, dass es mit dem Flachs kein Ende nahm. Es war immer noch derselbe, mit dem es vor drei Nächten angefangen hatte. Ihr glaubt es mir wohl, dass das Mädchen da von Herzen froh war, denn nun war es aller Sorge enthoben.

Eines Tages saß das Mädchen vor seiner Hütte und spann. Es mochte nicht im Kämmerchen sitzen, zu eng war es ihm darin und draußen war die Welt weit und schön.

Wie es so saß und spann und vor sich hin summte, ging die reiche Gutsfrau vorüber mit ihrer schönen und stolzen Tochter, dem Fräulein Adelheid. „Du hast ein so schönes Spinnrad", sagte die Frau und trat heran. Sie sah den blanken und glatten Faden, der gefiel ihr sehr gut. „Du könntest für mich spinnen", sagte sie zu dem Mädchen, „Fräulein Adelheid will bald Hochzeit machen. Dein Garn wäre mir recht für ein schönes Brautleinen. Sei nur recht fleißig, ich werde es dir lohnen."

Das Mädchen war es zufrieden. Fleißig ging es an die Arbeit, doch wusste es nicht, wie alles noch kommen sollte.

Jedesmal, wenn es aufs Schloss ging, um sein Garn hinzubringen, war es der Frau nicht genug. „Du hast wenig getan", sagte sie zu dem Mädchen, „fleißiger musst du sein. Gehe heim und lass den Müßiggang."

Da ging das Mädchen traurig heim, setzte sich hin und spann Tag und Nacht. Wie schmerzten ihm schon der Fuß und die Finger, aber es spann, ohne sich auszuruhen.

Als am Sonntag die Mädchen schön geschmückt zum Tanze gingen, wäre auch unsere fleißige Spinnerin gern zum Reigentanz unter die Linde gegangen. Sie machte das Fenster zu, um nicht zu hören, wie die Geige lockte und sang. Unter den jungen Burschen war einer, dem war das Mädchen von Herzen hold gesinnt. „Ach", dachte es traurig, „wenn ich nicht mehr zum Tanzen komme, wird er mich vergessen und bald mit einer anderen tanzen."

Doch es wagte nicht fortzugehen, denn am anderen Morgen sollte es wieder aufs Schloss kommen, die Frau hatte es ihm streng geboten.

So ging es eine Weile. Das Mädchen wurde blass und still. Als es eines Sonntags wieder in seinem Kämmerlein saß und spann, klopfte es ans Fenster und des Mädchens Liebster schaute herein. „Wie ist es", sagte er und sah das Mädchen ernsthaft an, „muss ich heute wieder mit einer anderen tanzen? Ist dir das Spinnen lieber, als das Tanzen mit mir?"

„Nein, nein", sagte das Mädchen froh, sprang auf und schüttelte seine Röcke aus. „Warte auf mich, ich komme gleich!" Geschwind zog es sein schönstes Kleid an und flocht sein Haar. Wie glücklich eilte es zur Linde und alle freuten sich, dass es wiedergekommen war. Noch nie war das Mädchen so froh gewesen, wusste es doch nun, dass sein Liebster auch ihm von Herzen gut war.

Wie es nun so fröhlich war und lachte, da ging die Gutsfrau vorüber. Sie sah das Mädchen tanzen und scherzen, wurde sehr böse und ging zornig heim. Am andern Morgen ging das Mädchen aufs Schloss. Es war ihm noch nie so fröhlich zumute, und so sang es den ganzen Weg hinauf bis zum Schloss. Das Singen verging ihm aber bald, als es vor der strengen Gutsfrau stand.

Die schalt es gar böse und befahl dem Mädchen, sein Spinnrad ins Schloss zu holen. Da wurde es in ein Kämmerchen gesteckt und durfte nicht mehr heim. Unablässig musste es spinnen. Jeden Tag kam Fräulein Adelheid, tat gar hochmütig und sah nach, wieviel Garn gesponnen war.

Dem Mädchen gefiel das gar nicht, aber es wusste sich nicht zu helfen. Als der Sonntagabend kam, stand es auf und wollte heimgehen. Das wurde ihm aber nicht erlaubt. „Was brauchst du zu tanzen", sagte die Frau, „bald ist die Hochzeit, sei du nur fleißig!" Und sie nahm einen Schlüssel und schloss die Tür zu. Das Mädchen setzte sich traurig ans Spinnrad. Es hörte von fern die Geigen klingen, und als es an seinen Liebsten dachte, da fing es an zu weinen.

Die Tränen sprangen ihm über die Wangen und fielen auf das Garn. Rucks! machte das Spinnrad und stand stille. Da schwang sich das Flachsweiblein auf die Spindel. „Warum weinst du?", fragte es das Mädchen. Das war froh, die Spindelfrau wieder zu sehen und erzählte ihr alles. Die Spindelfrau, die selber für ihr Leben gern tanzte, hatte Mitleid mit dem Mädchen und seinem Liebsten.

„Hast du mir geholfen, so will ich auch dir helfen", sagte sie zu dem Mädchen. Und sie nahm eins von ihren flachshellen Haaren und gab es ihm. „Nimm dies Haar und wickele es um deinen Finger, es wird dich ungesehen dahin bringen, wohin du dich wünschst", sagte das Spindelweiblein. „Doch vergiss nicht, wieder zurückzukommen, bevor der Mond untergeht, sonst ist der Zauber dahin."

Das Mädchen freute sich sehr, fürchtete aber den Zorn der Schlossfrau, wenn sie am Morgen nichts gesponnen hätte.

„Lass mich nur machen", sagte das Flachsweiblein, drehte das Rad und sprang auf die Spindel.

Surrr! machte das Spinnrad und geschwinde spann es den Faden. Der war noch glänzender als das Mondenlicht, das blank ins Fenster fiel. „So wünsche ich mich unter die Linde", sagte das Mädchen. Und schon hatte es seinen Burschen an der Hand und schwang sich mit ihm im Kreise. Hei, wie sangen die Geigen und wie tanzte das Mädchen!

Das Fräulein Adelheid aber konnte nicht schlafen. Es stand auf und ging mit bloßen Füßen die Treppe hinauf vor das Kämmerchen, darin das Mädchen saß und spann. Es klopfte mit dem weißen Finger an die Türe und fragte:

> *„Sag, was machst du wohl darin,*
> *bist du auch fleißig, Spinnerin?"*

Da hörte die Flachsfrau auf, um die Spindel zu tanzen.

„Ich tue, was ich soll,
bald ist die Spule voll.
Bleib draußen, Fräulein Adelheid,
sonst bin ich morgen nicht soweit!",

rief sie mit des Mädchens Stimme. Sie schwang sich von neuem um die Spindel. Laut und emsig schnurrte das Rad. Da war das Fräulein Adelheid zufrieden. Es ging hinunter und schlief bald ein in seinem seidenen Bett.

Bevor der Mond unterging, war das Mädchen wieder daheim. „Es ist Zeit, dass du kommst", sagte die Spindelfrau zu ihm. „Fleißig war ich, die Spule ist übervoll. Nun aber bin ich müde, schlafen wollen wir beide." Und es wickelte sich in sein flachshelles Haar und schlief ein. Da ging auch das Mädchen frohen Herzens zu Bett.

Wie erstaunte es aber am anderen Morgen, als es an das Spinnrad trat. Die Spule war voll von feinstem Garn, das blinkte wie Gold und war dünn wie Frauenhaar. Als es das Garn abwickelte, da trat die Schlossfrau herein mit dem Fräulein Adelheid. Die machten große Augen, als sie das blanke, goldene Garn sahen.

„Schau, schau, was du kannst", sagten sie beide, „fortan wirst du nur noch solches Goldgarn spinnen."

Und sie brachten ihm sehr viel Flachs, den sollte es bis zum anderen Tag zu Gold verspinnen.

Das Mädchen warf den Flachs unter sein Bett und setzte sich weinend ans Rad. Es gab sich große Mühe, der Faden war glatt und fein, aber von Gold war er nicht. So ging es, bis der Abend kam und der Mond aufging. Da sprang die Flachsfrau von der Spindel in des Mädchens Schoß. Sie tröstete es und sagte: „Lass mich nur machen, alles wird gut, Fräulein Adelheids Faden ist bald zu Ende." Und sie hieß das Mädchen schlafen gehen. Das Spinnrad aber spann und spann die ganze Nacht und es surrte und brummte so laut, dass alle im Schloss es hörten und kaum schlafen konnten.

Das Mädchen aber schlief fest und gut. Als es erwachte, da war heller Tag. Es sprang auf und trat an das Spinnrad. Da glänzte der

Goldfaden auf der vollen Spule und in drei dicken Bündeln lag das goldene Garn auf dem Tisch.

Hatte das Mädchen nun geglaubt, seine Herrinnen würden zufrieden mit ihm sein, so hatte es sich doch geirrt. Eilig nahm das Fräulein Adelheid das schöne Goldgarn mit sich, ohne dem Mädchen einen Dank zu sagen. „Dieses spinne du bis morgen früh zu Gold!", befahl es und legte dem Mädchen noch viel mehr Flachs auf den Tisch. „Eile dich, denn mein Bräutigam kommt. Ein goldenes Brautkleid will ich mir machen lassen. Das muss fertig sein, bis er kommt."

Da musste das Mädchen wieder spinnen und spinnen und hätte ihm nicht die Spindelfrau in der Nacht geholfen, niemals wäre es fertig geworden. Aber das Flachsfräulein war zornig, böse fuhr sie um die Spindel wie ein Gewitterwind. Das Spinnrad schnurrte so laut, dass es dem Fräulein Adelheid Angst wurde in seinem seidenen Kissen.

Am Morgen aber, als sie das Goldgarn auf dem Tische in der Sonne glänzen sah, vergaß sie alles und dachte nur daran, wie schön und stolz sie wohl in ihrem Brautgewand sein würde.

Und es brachte dem Mädchen noch viel mehr Flachs, den sollte es bis zum anderen Morgen zu Gold verspinnen. Das Mädchen war müde und traurig und fürchtete sich vor dem Zorn der Spindelfrau. Auch dachte es an seinen Liebsten und wie wohl alles werden würde. Ihm war so bang zumute, dass es sich lange nicht ans Spinnrad setzen mochte. Doch fasste es sich ein Herz und fing an zu spinnen als der Abend kam.

Und es spann und spann und als es dunkel war und der Mond aufging, da sprang das Flachsweiblein auf die Spindel:

„Heute ist noch Mondenzeit,
was will das Fräulein Adelheid?",

fragte es das Mädchen, und seine Augen funkelten. „Es will noch mehr goldenes Garn haben", sagte das Mädchen ängstlich. „Sie soll es haben!", rief die Spindelfrau zornig und das helle flächserne Haar knisterte und sträubte sich. Und sie fuhr um die Spindel wie das blanke Feuer und das Rad drehte sich so geschwind, dass das Mädchen sich zu fürchten begann. So laut brummte und brauste das Spinnrad, dass das Schloss erbebte und Fräulein Adelheid sich ihre seidenen Decken über den Kopf zog und ihre Habgier bereute. Die Spindelfrau spann und spann. Ehe man sich's versah, war die Spule voll und die blanken, goldenen Gebinde häuften sich auf dem Tisch. Als der Mond unterging, hielt die Spindelfrau inne:

„Gold hab ich gesponnen drei Nächte lang,
weiß Fräulein Adelheid noch kein' Dank,
so spinn ich ihr Gold zu Leide,
dann geht sie in Stroh statt in Seide",

sang sie und war verschwunden. Das Mädchen wartete voll Furcht bis sich die Tür öffnete. Bleich trat Fräulein Adelheid herein, doch funkelten ihre Augen, als sie den Berg goldenen Garnes sah.
„Kannst du so viel, so kannst du auch noch mehr", sagte sie zu dem Mädchen und hatte ihre Angst schon vergessen. Und sie rief zwei Diener, die mussten in großen Körben den Flachs heraufbringen und in dem Kämmerlein auf die Erde schütten.
„Nun spinne fleißig, Spinnerin", sagte Fräulein Adelheid und lachte. „Morgen früh komm ich wieder und dann musst du fertig sein."
Und sie ging hinaus und schloss die Türe zu. Als das Mädchen den großen Berg Flachs sah, war es ganz verzagt.
Ängstlich wartete es auf den Abend und setzte sich weinend ans Spinnrad, als es draußen dunkel war. „Warum weinst du?", fragte die Spindelfrau sanft und schaute hinter der Spindel hervor. „Ich fürchte mich so", sagte das Mädchen, „wie schön war alles, als ich in meinem Kämmerlein saß und dir froh beim Tanze zusah. Nun bin ich in großes Leid gekommen, ich weiß nicht, wie alles noch enden wird."
Die Spindelfau wollte das Mädchen trösten, doch es weinte wieder und sagte: „Nimmermehr schaffen wir das, was uns Fräulein Adelheid geboten. Viel lieber ließe ich alles und tanzte mit dir um die Spindel." „Ist das dein Ernst?", fragte das Flachsweiblein und

lachte. „Ja", rief das Mädchen, „ich wünschte, ich wäre so klein wie du und könnte mit dir in Frieden um die Spindel tanzen!" Und da die Wunschstunde gerade gekommen war, und das Mädchen noch das Zauberhaar um den Finger gewickelt hatte, so ging ihm augenblicks sein Wunsch in Erfüllung. Es stand neben der Flachsfrau auf der Spindel, klein und zierlich wie sie. Die klatschte vor Freude in die Hände, da sie nun eine Gespielin hatte. Und sie vergaßen das Fräulein Adelheid und seine bösen Wünsche. Die ganze Nacht tanzten sie fröhlich um die Spindel, ohne den Flachs auch nur anzusehen.

Und als der Tag dämmerte, da fassten sie sich bei der Hand, die Flachsfrau schlang ihr Haar um beide und sie schliefen fröhlich miteinander ein.

Am anderen Morgen trat Fräulein Adelheid leise in die Kammer, hatte sie doch die ganze Nacht gelauscht und nichts von dem Spinnrad gehört. Sie erschrak, als sie die Kammer leer fand und sah, dass auch nicht das geringste Fädlein gesponnen war.

Soviel man auch forschte und fragte, niemand hatte Fräulein Adelheids Spinnerin gesehen und sie musste sich zufrieden geben, mochte sie wollen oder nicht. Da ließ sie das goldene Garn verweben und sich ein wunderschönes Brautgewand daraus nähen.

Eines Tages, noch bevor es fertig war, bliesen die Turmwächter ins Horn und schmucke Reiter auf prächtigen Rossen kamen den Schlossberg heraufgeritten. Geschwind ließ sich Fräulein Adelheid auf das Schönste schmücken und kleiden und trat den Rittern gar stolz entgegen. Freundlich begrüßte sie den Bräutigam und führte die Gäste ins Schloss, um sie reich zu bewirten. Und allen gefiel das schöne und freundliche Schlossfräulein gar wohl. Wie die Braut eines Tages mit dem Ritter in traulichem Gespräch am Fenster saß, holte sie das schöne, goldene Garn herbei, um es ihm zu zeigen. Der Ritter betrachtete es mit Erstaunen, es schien ihm mit großer Kunst gesponnen. „Das muss eine gar geschickte Spinnerin sein, die Flachs zu so feinem, klaren Gold zu spinnen vermag", sagte er dann. „Ich selbst habe es gesponnen", sagte Fräulein Adelheid in ihrem Übermut. Das gefiel dem Bräutigam wohl, er lobte sie sehr und bat sie, ihm doch das Spinnrad und das Spinnen zu zeigen. Klopfenden Herzens führte ihn die Braut da hinauf in die Flachskammer und setzte sich bange an das Spinnrad. Doch so viel sie sich auch mühte und mit ihren weißen Fingern an dem Garn zerrte, sie brachte nur einen groben und hässlichen Faden zustande. Als sie das sah, seufzte sie und sprach: „Ich bin zu unruhig heute, da mein Herr Bräutigam bei mir ist, auch kann ich nur nachts spinnen und muss dann ganz alleine sein." Da wurde es der Spindelfrau zuviel, zornig sprang sie auf die Spindel und rief:

„Falsch ist die schöne Braut gesonnen,
hat Lügen nur und niemals Gold gesponnen.
Tag und Nacht spann die rechte Spinnerin,
doch sitzt sie noch in der Spindel drin!"

Und sie gab dem Mädchen einen Stoß, dass es aus der Spindel purzelte und gerade noch mit beiden Beinen auf den Boden springen konnte. Kaum hatte es die Erde berührt, da war es so groß wie früher. Hier stand es nun, frisch und schön, und der Ritter fasste sie schnell bei der Hand. „Bist du die rechte Goldspinnerin, so bist du auch die rechte Braut für mich!", rief er aus. „Nein, nein", sagte das Mädchen und lief zur Tür, „ich habe schon einen Herzliebsten, der mir viel besser gefällt." Und ehe es sich jemand denken konnte, war es schon die Treppe hinuntergelaufen und niemand konnte es halten. Als das Mädchen in seine Hütte trat, da stand schon das alte Spinnrad im Kämmerchen und die Flachsfrau saß oben auf der Spindel. „Nun bleiben wir aber daheim und spinnen kein Gold mehr", sagte sie fröhlich zu dem Mädchen. Dem war das von Herzen recht, und da es gerade Sonntag war, eilte es zu der Linde, um seinen Liebsten zu suchen.
Fräulein Adelheid aber musste sich große Mühe geben, um den Bräutigam zu versöhnen.
Sie schmeichelte und bat und redete so lange, bis er nicht mehr an die garstige Flachsgeschichte dachte und sie wieder freundlich

ansah. Als das prächtige goldene Brautgewand gebracht wurde, war Fräulein Adelheid von Herzen froh, denn nun konnte das Hochzeitsfest beginnen.

Festlich wurde das Schloss geschmückt und alles mit großer Pracht vorbereitet. Viele schöne Frauen und vornehme Herren waren am Morgen des Hochzeitstages im Schlosssaal versammelt, um die Braut zu erwarten. Wie erglänzte der Saal, als sie hereintrat in ihrem schimmernden, goldenen Gewand. Stolz schritt Fräulein Adelheid durch die Reihen. Doch als sie dem Bräutigam entgegentrat, um Ring und Hochzeitskuss mit ihm zu tauschen, da erfüllte sich der Spruch der Spindelfrau: Auf einmal verblich der goldene Glanz des Brautgewandes und als die erstaunten Gäste näher zusahen, fanden sie das Fräulein Adelheid in ein grobes Gewand aus Stroh gekleidet. Wie schämte sich da die hochmütige Braut! Dem Bräutigam aber war dies alles zu viel, er schritt aus dem Saal und ritt ärgerlich davon. Als er an dem Häuslein des Mädchens vorüberritt, da fand er sie vor der Türe sitzen mit ihrem Liebsten Hand in Hand. „Viel Glück, junge Braut!", rief der Ritter, nahm die rote Rose von seiner Brust und warf sie dem Mädchen in den Schoß. Und er ritt in die weite Welt hinaus.

Die beiden aber schauten ihm nach und freuten sich, dass sie so glücklich waren.

Das Spindelweiblein ließ sich nur noch manchmal in den hellen Mondnächten sehen, dann schnurrte das Spinnrad leise und spann geschwind einen glatten, goldglänzenden Faden. Der Flachs aber wurde niemals alle. Die Spindelfrau hielt dem Mädchen gute Freundschaft, solange es lebte. Doch niemals wieder tanzten sie zusammen um die Spindel.

Die Holderfrau

Schön lag der Holderhof am Ausgang des Dorfes. War er auch nicht der größte unter den wohlhabenden Bauernhöfen, so doch bestimmt einer der ansehnlichsten und schönsten. Kam man zur Mittsommerzeit den Feldweg vom unteren Dorf herauf, so lachte einem schon von weitem die bunte Pracht der Sommerblumen freudig entgegen im kleinen sauber eingezäunten Hausgarten, hinter dem sich wie ein grüner Wall die großen über und über blühenden Holderbüsche erhoben. Der Weg führte aus der sonnigen, hellen Weite zwischen den Feldern durch die kühle, schattige Dämmerung der großen, weiß besternten Büsche. Schon manchem war ein leises Frösteln angekommen, wenn er aus der hellen Sonne in den grünen Holunderschatten trat, in dem es doch wieder heimlich und traut von tausend fleißigen Bienen summte und sang.

Der Holderhof hatte seinen Namen von diesem grünen Tor, das im Mittsommer überwogt war vom Duft der tausend weißen, feinsternigen Blütenteller, im Herbst dunkel erglänzte von den blanken, reifen Beeren. Die mächtigen Büsche mochten wohl so alt sein wie der Hof selbst. Auch die Ältesten im Dorf entsannen sich nicht, dass sie jemals anders als durch das dämmerige, grüne Tor vom Unterdorf her in den Holderhof getreten seien. Von der Straße her allerdings kam man nur durch ein mächtiges, steinernes Tor in den geräumigen Hof, in dem ungezählte Hühner, Enten und anderes Federvolk mit seinem flaumigen Nachwuchs friedlich umherspazierte.

Der junge Bauer selbst wusste, wie lang sein Vaterhaus den Namen Holderhof führte, es war bis vor dem schrecklichen langen Krieg. Er hatte es in der alten, schön geschriebenen Bibel gelesen, die von Sohn zu Sohn gegangen war und die niemand unnötig anzurühren gewagt hätte. Damals musste der Hof noch nicht so groß, aber reich gewesen sein. Eines verriet das alte Buch nicht: Wie es gekommen war, dass der Holderhof nicht, wie alle anderen Höfe bis auf den Grund niedergebrannt worden war, und warum es mit dem Reichtum doch ein Ende hatte von da an. Gewiss hatten die schwedischen Söldner alles mitgehen lassen und zum Dank für die reiche Beute nicht so gründlich gebrandschatzt wie sonst.

Die fleißigen Holderbauern hatten den Hof wieder heraufgebracht. Diesem Jüngsten gingen die alten Geschichten ab und zu im Kopf herum.

Ob sie es waren, die seine Stirn manchmal so verfinsterten, die ihn ins Grübeln zwangen, dass er hinterm Pflug manchmal das Wenden vergaß? War er nicht mit seinem jungen Weib zuerst so glücklich gewesen, dass er vermeinte, ein glücklicherer wäre wohl niemals Holderbauer gewesen? Wurden nicht auch ihre frischen, blühenden Wangen blass und schmal und ihre sonst so fröhlichen Augen von stillem Kummer verschattet? Noch trug jedes sein Leid für sich, allein und ohne Wissen des anderen, wie beide vermeinten. Und doch war es das gemeinsame Leid um den fehlenden Erben, war ihnen doch nach achtjähriger Ehe immer noch kein Sohn geschenkt worden. Der junge Bauer, gewöhnt den Hof als etwas zu betrachten, das man aus den Händen des Vaters nimmt, um es nach einem Leben voll Arbeit unversehrt in die Hände eines Sohnes zu legen, fühlte hier die alte, ehrwürdige Kette der Geschlechter reißen. Sollte er der letzte Holderbauer sein, der ohne Geschwister aufgewachsen war, denn das zarte Schwesterlein war ihm frühzeitig gestorben? Geduldig hatte er gewartet und im Stillen gehofft. Nun verdunkelte sich oft sein Sinn, er sah nicht, dass auch der frohe Glanz in den Augen seines Weibes langsam erlosch.

Wie schon so oft stand sie auch heute unter dem mächtigen blühenden Holderbusch. „Es ist wieder nichts", dachte sie schweren Herzens und zutiefst enttäuscht. „Dachte ich doch in diesem Jahr ein Büblein in den Armen unter die Holderbüsche zu tragen, um ihm die goldbraunen Immlein zu zeigen. Umsonst habe ich dir dies versprochen, Holderbaum, Vertrauter meiner heimlichen Hoffnung und Enttäuschung." Sie lehnte die Stirn traurig an den rauhen Stamm, war ihr doch dieser Ort der liebste auf dem Hof und trug sie all ihr Leid schon seit Jahren hierher. Wie ein heimlicher Freund war ihr der Holderbaum. Oft hatte sie seltsame Tröstung und stillen Zuspruch empfangen wie von einer gütigen, verstehenden Mutter.

Auch diesmal war ihr, als streiche eine linde Hand sanft ihr Haar. Vermochte sie ihr Herz auch keiner neuen Hoffnung zu öffnen, so löste sich doch ihr Schmerz in zunächst heftigen und dann stillen Tränen.

„Weißt du mir keinen Rat, Holderbaum?", fragte sie endlich, den Stamm sanft schüttelnd, als wolle sie ihn sanft mahnen, ihr Antwort zu geben. „Hegst du noch immer Hoffnung, Holderbäuerin?", sagte eine leise Stimme nahe an ihrem Ohr, und es schien der Traurigen, als sähe ein mildes Frauenantlitz aus dem blühenden Gezweig auf sie nieder. „Ja", flüsterte sie heftig, „ich hoffe noch immer, ein Kindlein zu wiegen, einen Sohn für unseren Hof, oder auch ein Töchterlein. Wie könnte ich leben ohne diese Hoffnung?" Und die Tränen stürzten wieder aus ihren Augen.

Die Stimme schwieg lange und als das Weib den Blick erhob, sah es das Angesicht der Holderfrau verschattet von Trauer. „Dir ist kein Kind beschieden, Holderbäuerin", sagte die Frau im Baume langsam. „Nimm es auf dich", mahnte sie, als sie in das erbleichende Antlitz der jungen Bäuerin sah, die sie verzweifelt anschaute. Aber deren Trauer war so groß und ihr Flehen und Bitten so grenzenlos, dass die Holderfrau aus dem Baum trat und ihren Arm um die Weinende legte. „Höre auf zu weinen, Frau", sagte sie mütterlich, „groß ist der Preis und schwer das Wagnis, aber ich sehe, du würdest auch so dahingehen an deinem Kummer wie an einer schweren Krankheit. Bedenke, du bezahlst es vielleicht mit deinem Leben, aber wenn du es wagen willst, so nimm die beiden Holderzweige und lege sie kreuzweise vor deine Kammertür, bevor ihr zur Ruhe geht heute in der Nacht. Es ist Vollmond, vielleicht könnte es dir glücken." Und sie gab der jungen Frau zwei junge Zweige aus der Krone des uralten Holunderbaumes. Doch als die Bäuerin ihr danken wollte, war sie entschwunden, und mit klopfendem Herzen eilte die junge Frau in den Hof. Einen Mond später stand sie wieder unter dem Holderbaum. „Holdermutter", flüsterte sie froh, „Holdermutter, es ist geglückt, ich danke dir so!" Und sie legte die Wange zärtlich an den Stamm und wieder war ihr, als berühre eine sanfte Hand ihr Haar.

Noch immer dufteten die letzten Holunderblüten, die wie bleiche Monde im kühlen, dunklen Laube lagen. Schwer und froh war das Herz der Holderbäuerin, voll lieblicher Hoffnung und stiller Furcht, die wie ein dunkler Stein auf dem Grunde ihrer lichten Freude ruhte. Der Bauer hingegen wurde in der Zeit, die nun folgte, wieder so fröhlich und schaffensfroh wie vor Zeiten. Keine Sorge trübte seinen Sinn. Unendlich befreit schaute er über die grünenden Felder und üppigen Wiesen. Dies alles würde er in Jahr und Jahresfrist seinem Sohn zeigen als sein späteres Eigen, wie es auch sein Vater einst getan. Er sah mit Nachsicht und stillem Lächeln, wie es sein Weib zu dem alten Holderbaum zog, wie sie manchmal sinnend am Stamme lehnte und erhobenen Angesichts Zwiesprache zu halten schien, doch störte er sie nie. Er sah sie still zurückkehren jedesmal, Frieden in dem schmalen Angesicht.

Als die Zeit fortschritt und der Winter kam, wurde die Bäuerin stiller und stiller, doch leuchtete eine tiefe Freude aus ihren Augen. Der Bauer betrachtete sie manchmal mit Sorgen, er wusste nicht, welche Angst ihm dann schwer aufs Herz fiel. Doch stand er das eine und andere Mal heimlich vor der alten Wiege, betrachtete die buntgemalten Vögel und die roten Herzen, und studierte den fast unleserlichen Spruch, der sich rings um die geräumige kleine Wohnung des jeweils jüngsten Holderbauern zog. Dann schwang er sie wohl leise auf und ab, doch richtete er es so ein, dass ihn niemand dabei sah.

Als der Frühling ins Land kam und die Wiesen grün erschimmerten vom erstem jungen Gras, als die Stare anfingen, ihre frohen Liedchen in den Apfelbäumen zu pfeifen und an den Holderbüschen die dicken Knospen in der warmen Sonne sprangen, da erschien es der Bäuerin an der Zeit, die alte Wiege zu richten. Sorgsam legte sie alles zurecht, schüttelte die Kissen und glättete die Decken. So saß sie lange sinnend vor der Wiege, die Hände still im Schoß. Sie war froh und traurig zugleich. Eine kleine Weile des Wartens blieb ihr noch. In dieser Zeit stand sie oft unter dem alten Holderbaum, dessen junge Blätter sich wohlig in der Sonne ausbreiteten. „Es ist Zeit, Holdermutter", flüsterte die Bäuerin dem Baum zu und lächelte, wenn sie es freundlich in den Blättern rauschen hörte. Am Abend bevor das Kind geboren werden sollte, befiel sie so sehr die Angst und Freude, dass sie nicht anders konnte, sie musste noch einmal die Holdermutter rufen. Sanft schüttelte sie die grünen Zweige und rief leise die Frau im Baum. „Steh mir bei, Holdermutter, verlass mich nicht!" bat sie von Herzen und lehnte ihr weißes Gesicht an den rauhen Stamm. „Geh nur Kind", wehte die Stimme der Holderfrau leise, „es wird geschehen, wie es muss, rufe mich, wenn du in Not bist."

Da ging die Frau getrost ins Haus. In der Nacht kamen die Wehen. Sie wusste, nun sollte das Kind geboren werden. So tapfer sie war, es wurde ihr bald zu schwer und auch die weise Frau sah, dass sie hier nicht mehr lange helfen konnte. Der Bauer stand bleichen Angesichts unter dem schimmernden Sternenhimmel, als die Hebamme ging, um Rat und Hilfe zu holen. „Sie ruft die Holderfrau", flüsterte sie verstört dem Bauern zu. „Es wird noch lange dauern mit ihr, gehe hinein, ich bin sogleich zurück." Da ging er hinein und hielt ihre Hand, doch konnte er es nicht lange ertragen. Und da sie so nach der Holdermutter rief, eilte er zu dem Baum.

„Wäre hier nicht jemand, der ihr helfen kann?", rief er leise. „Sie stirbt mir sonst", stöhnte er voll Angst, da alles schwieg. Da war es dem Bauern, als rausche es im Baume und ginge sanft und kühl an ihm vorüber. Er folgte langsam und war noch immer sehr verzagt. Eine Weile stand er so in Sorgen, da öffnete sich ihm die Tür und aus einer sanften, milden Helligkeit trat ihm die Holderfrau entgegen. In ihrem schönen Antlitz leuchteten die gütigen Augen, doch waren sie voll Trauer.

„Nicht ist es Glück, was dir dieser Tag bringt, Bauer", raunte sie ihm zu. „Es taucht herauf die wohlgefüllte Schale aus dem Lebensquell, doch will sie nicht wieder sinken, ohne ein anderes Leben mitzunehmen. Wohl kann ich deinem Weibe die Schmerzen lindern, doch nicht dir beide am Leben erhalten, dein Weib und dein Kind. Eines wirst du hergeben müssen." Stöhnend wandte sich der Bauer ab, er konnte keine Antwort geben. Als er wieder in die Stube kam, fand er sein Weib bleich und friedlich in den Kissen liegen. Glücklich lächelte sie ihn an. Auch die Holderfrau lächelte und hielt in den Armen das neugeborene Kind.

„Ein Mägdlein ist es", sagte sie mütterlich, „es ist gesund und schön. Ich schenke ihm die Gabe zu helfen und zu heilen. Holde soll sie heißen, da ich ihr zum Leben verhalf. Immerdar will ich ihr beistehen, denn sie ist mir von Herzen lieb schon jetzt." Und sie legte das Kind sanft in die Wiege und deckte es sorglich zu. Dann trat sie leise zu der jungen Mutter und neigte sich zu ihr. Sie sagte ihr etwas, was der Bauer nicht verstand, doch sah er, wie sein Weib still und froh lächelte. Die Holdermutter legte ihr sanft die Hand auf Stirn und Augen und sie sank still in Schlummer. Als sich die Holderfrau zum Gehen wandte, schien es dem Bauern, als glänzten Tränen in ihren Augen. Da erschrak er, doch sah sie ihn ernst und mahnend an.

„Sie lebt dir nicht mehr lange, wahre die Zeit", flüsterte sie dem Bauern im Vorübergehen zu. Doch als er fragen und bitten wollte, war sie schon verschwunden. Der Bauer wusste später nicht mehr, wie diese Nacht und die folgende Zeit vergangen war. Er fand sich wieder, als die Blumen schon auf dem Grabe seines Weibes blühten und das Kind sich anschickte, die Welt mit dem ersten Lächeln zu grüßen. Das Leben war ihm zutiefst verändert und leer, er sah das Kind nicht an und überließ es der Obhut einer alten Magd, die schon ihn bei seinen ersten Schritten am Bande gehalten hatte. Er versah den Hof ohne Lust, schien ihm doch das Leben ohne Sinn, seit sein Weib gestorben war.

Das wurde etwas besser, als das Mädchen heranwuchs und sich in dem zarten, lieblichen Kindergesicht immer mehr die Züge der Mutter herausbildeten. Die alte Magd hatte nicht viel Mühe mit dem Kind. Sie wunderte sich selbst, wie leicht es war, mit dem Mägdlein umzugehen. Es folgte ihr willig und war zutraulich und heiter. Der guten Alten, der es erst schwer aufs Herz gefallen war, dass sie das Kindlein erziehen sollte, kam es vor, als ob die verstorbene Mutter des Kindes unsichtbar bei ihm weile, um es zu pflegen und vor allem Schaden zu hüten.

Seit das Mägdlein gehen konnte, entlief es der Magd oft und immer fand sie es unter dem Holunder, der noch nie so schön und reich geblüht hatte wie in diesem Jahr. Dort saß das Kind im Grase oder spielte unter den Büschen. Am liebsten schien es bei dem alten Holderbaum zu weilen, der nach der Meinung der Leute die Stammmutter all der anderen Holderbüsche war. Heiter saß es dort und spielte oder sah hinunter auf die blühenden Wiesen und auf die Dächer des Unterdorfes, die zwischen den grünen Bäumen hervorlugten. Niemals lief es fort, es schien ihm dort gar gut zu gefallen. So beruhigte sich die alte Magd. Sie setzte sich gern auf die Bank hinter dem Hausgärtlein, hielt die alten Hände müde im Schoß und schlief ein wenig in der Sonne. Manchmal, wenn sie erwachte, glaubte sie das Mägdlein reden zu hören und zu sehen, wie eine fremde, schöne Frau bei ihm saß und liebreich mit ihm spielte. Aber es war so, dass ihr Wachen und Träumen schon ein wenig durcheinander ging und so schwieg sie zu dem, was sie sah. Doch wunderte sie sich über manches in ihrem alten Herzen. Wenn sie das Kind bei der Hand nahm, um es ins Haus zu führen, so war es ihr so recht wohl, wenn das kleine Kinderhändchen zutraulich in ihrer alten, verrunzelten Hand lag. Wie von einem Zauber schien ihr das Alter nicht mehr so weh zu tun. Auch erstaunte sie, dass das Kind so früh das Reden lernte. Es sprach fein und deutlich. Bald sang es auch mit einem Stimmlein so hell wie ein Vogel im Holderbaum.

Auch den Bauern wunderte das, und je öfter er sein Kind ansah, umso lieblicher schien es ihm. Was noch nie geschehen war, geschah nun doch, er nahm das Kind auf den Arm und sprach freundlich mit ihm. Und als es so zutraulich mit ihm plauderte und die kleinen Händchen ihn zärtlich streichelten, da war es dem Bauern, als fielen Gram und trüber Sinn von ihm ab und das Leben bekäme wieder einen frohen, hellen Glanz.

Seit dieser Zeit gewann er sein Kind herzlich lieb und es war immer um ihn und erfreute ihn mit seinem munteren Geplauder.

Es war so, dass auch noch andere die Nähe des Kindes suchten. Die Tiere drängten sich an es und ließen sich gern von ihm streicheln.

Sein weißes Kätzchen folgte ihm getreulich. Oft fand der Bauer sein kleines Kind unter dem Holderbaum, das Kätzchen im Schoß und fröhlich plaudernd mit jemand, den er nicht sah. Da sann der Bauer nach, doch an die Gabe der Holderfrau dachte er erst, als die alte Magd ans Sterben kam und in schweren Schmerzen danieder lag. Still trat das Mägdlein zu ihr und hielt ihre müde Hand und strich ihr sanft über die runzlige Stirn. Und siehe, die Magd stöhnte nicht mehr, still lag sie da und starb friedlich und ohne Schmerzen.

In den Händen des Kindes schien eine zauberische Kraft zu liegen, die Mensch und Tier wohl tat und Schmerz und Trübsal heilen konnte. Von diesem Tag an nannte er sie mit dem Namen, den die Holderfrau ihr gegeben.

Die Jahre vergingen und das Mädchen wuchs heran. Immer mehr zeigte es sich, dass Holde die Gabe hatte, Schmerzen zu lindern und den Leidenden zu helfen. Jedem tat ihr sanftes, liebliches Wesen wohl und oft kamen die Frauen aus dem Dorf und baten sie, nach einem Kranken zu sehen. Willig folgte die junge Holde, trat an das Bett des Leidenden, strich die Kissen glatt, bettete ihn bequem, und hielt sanft seine Hand, bis ihm die Augen zufielen und er in einen tiefen Schlummer sank. Am liebsten schien sie den Kindern zu helfen. Als in einem kalten, nassen Winter ein böses quälendes Fieber ausbrach, saß sie Tag und Nacht bei den leidenden Kindern, hielt die unruhigen fiebernden Händchen in ihrer kühlen Hand, sprach den Kleinen sanft und tröstlich zu und ging nicht eher, bis ein erquickender Schlummer die Erschöpften umfing.

Die Kinder hingen mit großer Liebe an dem freundlichen Mädchen. So rettete sie vielen Kindern das Leben. Eines Tages trat ein junger Bauernsohn zu Holde und bat sie, heimzukommen mit ihm. Seine kleine Schwester lag in schwerem Fieber. Tagelang hatte sie schon gelitten und niemand hatte ihr helfen können. Es war, als wolle die Seuche nicht von hinnen fahren, ohne noch heimtückisch ein Opfer mitzunehmen, da alle sich schon gerettet glaubten. Die Eltern hatten nicht erlauben wollen, dass man die Holde bäte, dem Kind zu helfen. Ein alter Zorn lag zwischen den beiden Höfen. Auch war der Bauer reich genug, um die teuerste Medizin aus der Stadt zu holen, und zu hoffärtig, um sich zu einem Bittgang zu entschließen. Als es das junge zarte Mädchen aber so sehr ergriff, und es sich bitter quälen musste, hatte es der Bruder nicht mehr ausgehalten. Ihm war angst um seine Schwester. Heimlich lief er zum Holderhof und bat Holde zu kommen. In Eile folgte sie ihm, doch sah sie gleich, dass sie hier nicht mehr helfen konnte. „Zu spät rufst du mich", flüsterte sie dem Burschen zu „ich kann nur noch lindern, nicht mehr helfen". Es war ihr bitter leid um das junge Mädchen, das schon in den dunklen Tod musste. Doch griff sie tapfer zu, hob mit dem verstörten Bruder die Kranke aus den zerwühlten Kissen, kühlte und glättete die heißen Laken und bettete das Kind sorgfältig wieder hinein. Und sie saß bei ihm, legte die kühle Rechte auf die fiebernde Stirn und nahm die unruhig zerrenden Hände in die Hand. So saß sie lange und sah still auf die Kranke, ihr alle Kraft und Linderung zuströmend, die sie in sich aufbringen konnte. Bleich stand der junge Bruder am Bett und sah unverwandt der Leidenden ins Angesicht. Ihm schien, als schwände allmählich Schmerz und Fieberröte daraus, als würden auch die Atemzüge ruhiger und tiefer. Da wollte tröstliche Hoffnung in ihm aufsteigen, aber als er Holde in das weiße Gesicht sah, die mit fernen, schmerzlich versonnenen Augen auf das Mägdlein blickte, da wusste er, dass alle Hoffnung verloren war. Tränen stürzten aus seinen Augen, die er nicht zu halten wusste.

Er merkte es nicht in seinem Schmerz, dass die Eltern eingetreten waren, und hinter ihm standen, um nach dem Kind zu sehen. So unwillig sie waren, als sie Holde gewahrten, ergriff sie doch eine Scheu, die seltsam Entrückte zu stören. Ängstlich sahen sie die Verwandlung in ihres Kindes Angesicht, das bleich und still, doch wunderbar friedlich dalag. Das Mädchen öffnete nach einer Weile die Augen, sah sich mühsam um und lächelte still, als es die Eltern gewahrte. „Wohl ist mir", sagte es leise und schloss wieder die Augen. „Sie stirbt", flüsterte Holde bange und nahm behutsam ihre Hand von der Stirn des Mädchens. So sanft wurde es entrückt, dass die Eltern es noch lange schlafend wähnten. Sie standen erstarrt und begriffen es erst, als Holde sich mit Tränen in den Augen erhob und leise hinausging. Das Schicksal des jungen Mägdleins ging Holde sehr zu Herzen. Oft stand sie traurig versonnen unter dem Holderbaum und es dauerte lange, bis der stille tröstliche Zuspruch der Holdermutter ihr den Schmerz von der Seele nahm. Sie wusste nicht, dass die Eltern des Kindes ihr heftig zürnten. In ihrer großen Trauer um das verlorene Töchterlein wollten sie nicht zugeben, dass sie selbst es waren, die in ihrem törichten Sinn seine Genesung verhindert hatten. So schoben sie die Schuld auf Holde und sprachen erbittert von ihr.

Anders verhielt sich der junge Sohn. In seinem Herzen bekam das gestorbene Schwesterlein Holdes sanfte, schöne Züge. Immer, wenn er an die Tote dachte, sah er Holde mit dem weißen, seltsam fernen Gesicht neben ihrem Krankenlager sitzen und ihre Hand halten. Doch schwieg er zu den Vorwürfen der Eltern. Er wusste es besser, doch wollte er sie nicht tiefer in die Pein des schlechten Gewissens stürzen. Jedesmal aber, wenn er Holde sah, klopfte ihm das Herz und er grüßte sie still. Auch Holde ging es so. Das schmerzliche Erlebnis hatte sie tief mit dem jungen Bruder des toten Mädchens verbunden.

Als die Jahre gingen, da wussten die jungen Leute, dass sie sich herzlich liebten. In einem tiefen Glück wartete Holde auf ihn. Einsam war es auf dem Hofe geworden. Der Vater war in einer Nacht still gestorben und Holde stand nun allein. Immer öfter fand sie ihre Zuflucht unter dem Holderbaum. Sie merkte nicht, dass der Wohlstand des Hofes immer mehr abnahm. Die feste Hand des Vaters fehlte überall. Die größten Äcker und Wiesen waren verpachtet worden. Nur so viel blieb bei dem Hof, wie der alternde Knecht mit der jungen, fleißigen Magd und Holde schaffen konnten. Es winterte früh in diesem Jahr, und wenn draußen der Schnee hernieder wehte, saß Holde am warmen Ofen und las in den vergilbten Büchern. Sie sann viel nach über die alten Geschichten. Der Hof wurde ihr von ganzem Herzen lieb und sie war traurig in dem Gedanken, dass er einst in andere Hände kommen sollte. Sie sehnte sich sehr nach ihrem Herzliebsten und als es Frühling wurde, da waren sich die beiden jungen Leute einig, dass sie bald heiraten wollten. „Noch heute will ich es den Eltern sagen, dass wir uns versprochen haben. Soll doch niemand anders als du meine liebe Frau werden", sagte der junge Bauernsohn zu Holde. Es war ein warmer Maiabend und sie saßen miteinander unter dem Holderbaum. Das Mädchen schaute froh über das grünende, blühende Land. Es sah nicht, wie die Stirn seines Herzliebsten voll schwerer Sorgen war. Als er ging, versprach er Holde, bald wieder zu kommen und ihr die Antwort der Eltern zu sagen.

Still saß Holde unter dem grünenden Baum und schaute versonnen träumend in die noch lichten Zweige. „Holdermutter", flüsterte sie leise, „Holdermutter, wenn doch mein Mütterlein noch lebte. Nur du allein freust dich mit mir. Wie wäre ich sonst so sehr allein." Da rauschte es sanft in den grünen Zweigen und Holde lauschte und wartete still. Lange Zeit verging, die Sterne wanderten schon, da kam der Bursche langsam den Weg herauf. Schweigend setze er sich neben sie und blieb gar lange stumm. Beklommen wartete das Mädchen. Wie erschrak es aber, als sein Liebster zu reden anfing. Die alten Eltern duldeten es nicht, dass er Holde zur Frau nehmen wollte. Hätten sie auch die alte Feindschaft vergessen können, so war ihnen doch der Holderhof nicht mehr reich und ansehnlich genug, da sie die wohlhabendsten und angesehensten Bauern im ganzen Ort waren. Und als der Sohn dies für gering achtete, brachen in bitteren Worten die Vorwürfe gegen Holde aus ihnen heraus, dass sie schuld sei am Heimgang ihres einzigen Töchterleins.

Da hatte sich der Sohn nicht länger halten können, heftig verteidigte er Holde und hielt den Eltern vor Augen, wie sehr sie sich um das Kind gemüht hatte, doch habe er sie zu spät gerufen, sonst lebte die Schwester noch. Ihr Stolz und hartnäckiger Sinn sei schuld, dass das Kind zu früh dahin gegangen. Ein böser Streit war zwischen ihm und den Eltern entbrannt. Der Vater erklärte ihm zum Schluss, er würde es niemals dulden, dass die Tochter des armen Holderhofs seines Sohnes Frau würde. Lieber wolle er den Hof verkaufen und in andere Hände geben. Das sei sein gutes Recht und sein letztes Wort. Stumm saßen beide unter dem Holderbaum. Sie wussten sich keinen Rat, hatten sie sich doch von Herzen lieb. Der junge Bursche hing mit großer Liebe an seinem elterlichen Hofe, es schien ihm unmöglich, ihn in fremden Händen zu sehen. Und doch konnte er von Holde nicht lassen. Er wusste, dass ihm nie wieder ein Mädchen so lieb werden würde wie sie.

So trennten sie sich und versprachen sich, niemals voneinander zu lassen. Seit diesem Abend sah Holde ihren Herzliebsten nicht mehr oft. Er musste sich dem Gebot des Vaters fügen, der ihm streng befahl, nicht mehr hinauf zu gehen auf den Holderhof. Manchmal kam er heimlich, wenn es dunkelte. Dann waren sie froh und traurig zugleich. Eines Abends stand der Bursche mit finsterem, blassen Gesicht auf dem dunklen Hof und Holde trat zu ihm heraus. Fest fasste er sie bei der Hand und bat sie, ihn nicht zu vergessen. Sein Vater habe ihm befohlen, ein anderes Mädchen zur Frau zu nehmen, die Tochter eines reichen benachbarten Bauern. Das aber könne niemals sein. So wolle er lieber in die Welt hinaus und sie möge auf ihn warten. Holde weinte und bat ihn sehr, doch einige Zeit noch zu bleiben. Vielleicht könnte sich doch noch alles zum Guten fügen. Der Bursche glaubte nicht daran, doch konnte er sein Mädchen nicht weinen sehen und versprach zu bleiben.

In dieser Nacht konnte Holde nicht schlafen, lange lag sie wach in ihrem schweren Kummer. Endlich stand sie auf und ging hinaus in die sternenhelle Nacht. Traurig stand sie am Holderbaum und weinte, da sie sich keinen Rat wusste in ihrem Leide. Da neigte sich die Holderfrau zu ihr, umfing sie mild und tröstete sie mütterlich. Doch wollte es ihr nicht gelingen, des Mädchens Tränen zu stillen. Es rief weinend nach seiner Mutter. Als die Holderfrau das hörte, schwieg sie stille und sann lange nach.

„Ich habe deiner Mutter versprochen, dir immer beizustehen und dir eine treue Mutter zu sein. Auch bist du mir lieb, wie ein eigenes Kind, und wenn es nur der Reichtum ist, der dir zu deinem Glück fehlt, so kann ich dir wohl helfen", sagte sie. Und sie schlang ihren Arm um des Mädchens Schulter und erzählte ihr von dem Geschick des Hofes in längst vergangenen Zeiten. Da hatten die Bauern, als Kriegsnot drohte und der Feind mordend und brennend durch die Lande zog, ihr Geld und kostbares Gut vergraben. Auch der

Holderbauer, der damals als reicher Herr auf seinem großen Hofe saß, hatte sein Gold hinter der Mauer unter dem Holderbusch vergraben. Die Mordbrenner hatte ihn und alles Gesinde erschlagen, da sie nichts fanden. So wurde der Schatz vergessen und niemand wusste etwas von ihm. Noch immer ruhte er wohlverwahrt in der Erde. So wechselnd die Zeiten auch dahingegangen waren, ihn hatte noch niemand gehoben. „Es ist Geld und Gut genug, um dich zur reichsten Braut im Dorf zu machen", sagte die Holderfrau.

In großem Erstaunen hörte Holde zu und frohe Hoffnung zog in ihr Herz ein. Die Holderfrau riet ihr noch, wie sie den Schatz heben könne. Sie müsste noch die rechte Mondenzeit abwarten und dürfe zu niemand ein Wort sagen. Dann solle sie kommen, wenn alle schliefen und unter dem Holderbaum nachgraben. Doch sei es dann eilig, und sie dürfe sich nicht lange besinnen.

Noch wenige Tage vergingen und dann war es so weit. Als das Gesinde schlief, nahm das Mädchen alles zur Hand, ging mit einer kleinen Laterne hinaus und begann zu graben an dem Platz, den ihr die Holderfrau gewiesen. Es war eine dunkle, unheimliche Nacht und Holde hätte sich mehr gefürchtet, wenn ihr die Zeit dazu geblieben wäre. Der Wind rauschte laut in den Bäumen. Im Walde klagte das Käuzchen und das Licht in Holdes Lämpchen flackerte und duckte sich ängstlich. Unheimlich leuchtete es auf in der Ferne wie von einem bösen Wetter, drückend lag die schwüle Luft über der unerquickten Erde. Auch schien es Holde, als rausche es schmerzlich im Baum und je weiter sie grub und an die Wurzel schlug, um so mehr glaubte sie ein Seufzen und trauriges Klagen um sich zu hören.

Das Mädchen dachte aber an seinen Liebsten und grub fleißig. Manchmal musste es die Hacke zur Hand nehmen, um die Erde zwischen den Wurzeln zu entfernen. Bald ermüdete Holde und lehnte sich an den Stamm, um sich auszuruhen. Als sie so dem klagenden Schrei des Käuzchens lauschte, spürte sie, wie der Holderbaum leise bebte und hörte schwere Tropfen wie Tränen durch die Blätter fallen. Da wurde es ihr bang und sie begann wieder zu graben. Es dauerte nicht lange, so stieß sie auf einen großen, eisernen Kasten. Den versuchte sie freizulegen. Aber sie sah, dass es fast unmöglich war. Zu fest hatten sich die Wurzeln um ihn geschlossen. Sie hielten ihn dicht umklammert und so viel das Mädchen auch ruckte und zerrte, er rührte sich nicht. Da hob sie die Axt, um die Wurzeln abzuhauen, aber erschrocken hielt sie inne. Der Holderbaum erbebte von der Wurzel bis zur Spitze und es klagte heimlich von vielen lauten und leisen Stimmen ringsum. Ein Wispern und Flüstern ging durch die Büsche und Holde hörte es leise seufzen und weinen.

„Warum weinst du, Holdermutter", fragte sie bang. Ihr war so beklommen zu Mute, sie wusste nicht, wie ihr geschah. „Schlag zu, schlag zu", flüsterte es im Baum, „wenn du die Wurzel nicht zerschlägst, kannst du den Schatz nicht heben." „Aber da musst du ja sterben, Holdermutter", flüsterte Holde erschrocken. „Ja", raunte es ihr leise zu, „ist die Wurzel dahin, kann der Baum nimmer leben. Doch was schadet dies, Kind, glücklich sollst du sein. Darum nimm die Axt und schlage zu, sonst ist die Zeit dahin und dein Glück verronnen."

„Nimmermehr", sagte Holde entsetzt, „nimmermehr werde ich dein Leben zerstören." Und so sehr die Holderfrau in sie drang, die Zeit zum Glück zu nützen, das Mädchen blieb fest.

„Als ich geboren wurde, gab meine Mutter das Leben für mich und Sehnsucht habe ich nach ihr, seit meinen Kindertagen. Nicht sollst auch du dein Leben für mich geben, wie kann ich glücklich sein, wenn zwei Mütter für mich starben!" Und sie schlang die Arme um die Holdermutter und weinte sehr. Da sah die Holderfrau, dass des Mädchens Sinn nicht zu ändern war.

„Danke", flüsterte sie leise und streichelte des Mädchens Haar. „Danke, dass du mich am Leben lässt. Viele hundert Jahre schon hüte ich den Hof und halte das Böse von ihm fern. So will ich dir dennoch zum Glück verhelfen. Vielleicht ist die Zeit gekommen, da sich der alte Spruch erfüllen mag, dass das Geschick des Letzten auf dem Holderhof der Himmel selbst entscheiden wird."

Da sie dies alles gesagt hatte, rauschte es schwer in den Kronen. Nun erst gewahrte das Mädchen, wie finster und drohend sich der

Himmel bezogen hatte. Ein heftiger Sturm schien die Wolken zu jagen. Unheimlich flammte das Wetterleuchten auf, und es grollte dumpf in der Ferne. Das Mädchen eilte auf den Hof zurück. Da fand es keine Ruhe in dieser schrecklichen Nacht. Ein heftiges Gewitter brach los, grell flammten die Blitze und zerrissen immer wieder die dunkle Nacht mit ihrem furchtbaren, hellen Licht. In Ängsten stand das Mädchen in der Stube und verbarg sein Gesicht vor dem schrecklichen grellen Aufflammen der Blitze und lauschte furchtsam auf das Krachen des Donners. Wohin es auch schaute, überall schien der Himmel aufzubrechen in Feuer und grausam blendendem Licht. Die Erde schien zu bersten unter der gewaltigen Wucht des Donners.

Auch der alte Knecht und die Magd saßen zitternd da. Ein solch furchtbares Wetter hatte noch nie über dem Hofe gestanden. Entsetzt fuhr die junge Magd auf, als ein zischender Blitz niederfuhr und mit unheimlichem Getöse der Donner folgte. „Es hat eingeschlagen!" schrie sie bleich. „Nicht bei uns" rief der Knecht, der erschrocken zusammengefahren war. Bald hörten sie die Sturmglocke läuten, doch war es unmöglich für den alten Mann und die beiden Frauen, durch das heftige Wetter ins Dorf zu Hilfe zu eilen. So verging ihnen die Nacht und als sich das Unwetter verzog, legten sie sich erschöpft zur Ruhe.

Aus schweren Träumen erhob sich Holde am anderen Morgen und trat zu ihrem Gesinde. „Es hat eingeschlagen im Dorf", sagte die junge Magd leise zu dem Knecht. „Das Haus des reichen Schulzenbauern ist abgebrannt bis auf den Grund. Nicht einmal das Vieh haben sie retten können, zu schnell stand alles in hellen Flammen." Erstarrt stand Holde und lauschte voll Schrecken. Dann wandte sie sich und eilte so schnell sie konnte ins Dorf zu ihrem Herzliebsten. Den fand sie bleich unter den verdorrten Bäumen stehen und sie fiel ihm weinend um den Hals. Der Schulzenbauer aber stand verstört vor den rauchenden Trümmern und stierte in das schwelende Gemäuer. Sein hartes Gesicht war von hilflosem Gram verzerrt. Er hörte nicht auf seine weinende Frau, die nicht fassen konnte, dass ihr ganzer Reichtum in einer einzigen Nacht zerronnen war. „Was wirst du tun?", fragte Holde ängstlich den jungen Burschen, der sie nicht ansah. „Ich weiß es nicht", sagte er dumpf, „als Knecht werde ich mich verdingen und um Lohn arbeiten für meine alten Eltern. Oder weißt du etwas anderes?" „Ja", sagte Holde fest, „ich brauche einen Bauern auf dem Holderhof. Wir zwingen nicht die Arbeit und der Hof geht uns ein. Eine feste Hand müsste er haben und fleißig schaffen können von früh bis abends. Und ich, ich brauche einen lieben Mann. Zu lange war ich schon allein!" Und sie fiel ihm wieder um den Hals und küsste ihn innig. Da schwand die Traurigkeit aus des Burschen Sinn. Er sah sein Mädchen an und dachte still, dass sich vielleicht doch alles zum Besten finden möchte. Sie traten auf die Eltern zu und baten sie in herzlichen und lieben Worten um ihren Segen. Holde schaute sie bittend an und bot ihnen den Holderhof zur Heimat an.

Als der Schulzenbauer ihre große Liebe sah, vermochte er nicht, die beiden noch länger zu betrüben. War er doch zu sehr geschlagen worden und fand noch keinen Trost in seinem vorher so stolzen, harten Sinn. Schien es ihm auch noch nicht möglich, auf den Holderhof zu ziehen, so sah er doch still das Glück der jungen Leute. Bald war die Hochzeit und froh griff der junge Bauer die schon so lange ruhende Arbeit auf. Unermüdlich schaffte er und Segen schien auf dem Hofe zu ruhen. Nach einem Jahr stand die junge Frau strahlend unter dem Holderbaum und hielt ein liebliches Kindlein in den Armen. „Es ist ein Mädchen, Holdermutter", flüsterte sie froh dem Baume zu, „Holde wird es heißen, wie du mich genannt. Sei auch ihm lieb und hold gesinnt, denn Patin sollst du ihm sein." „Es ist recht, Kind", rauschte es im Baum, und das gütige Antlitz der Holderfrau schaute lächelnd durch die Zweige. Viele blühende Geschlechter sah der Holderbaum noch kommen und gehen. Muntere Kinder spielten zu seinen Füßen. Und er hütete sie alle und hielt dem Hofe Freundschaft allezeit.

Frau Not im Korn

In alten Zeiten ließ sich in dem weiten fruchtbaren Lande, durch das die großen Ströme fließen, manchmal eine seltsame Frau sehen. Niemand weiß jetzt mehr etwas von ihr. Sie kommt nicht mehr, oder sind wir nicht mehr still und wach genug, um sie zu sehen?

Die alten Bauern, deren große Höfe wie Fürstensitze in den fruchtbaren Weiden lagen, sahen sie noch mit eigenen Augen, wenn auch niemand jemals mit ihr gesprochen hat oder den Mut gehabt hätte, ihr ins Antlitz zu sehen. Sie fürchteten sie, denn sie kündigte Schreckliches demjenigen an, über dessen Felder sie schritt.

Mancher von den reichen Bauernfürsten, der ihre hohe Gestalt im blauen Gewand an seinem Hof vorüberschreiten sah, wurde seines Lebens nicht mehr froh. Frau Not nannte man sie oder Not im Korn. Was sie ankündigte, wurde als unabwendbar hingenommen, ehrfürchtig und ergeben neigten sich die stolzen Bauernnacken vor ihr.

Wie war das noch vor grauen Zeiten, bevor die ungeheure Wasserflut über das blühende Land hereinbrach und alles Leben unter sich begrub? Da sah man auf allen Höfen Frau Not umgehen, den Blick in schwerer Trauer dem Meere zugewandt.

Junges Leben, zarte Lämmlein, spielende Kätzchen trug sie in ihrem blauen Mantel auf die hochgelegenen Plätze des Lande, sie lockte die Glucke mit ihren Küchlein dahin. Wer klug war, verstand die Warnung und rettete sein Leben.

Wer sie zu anderen Zeiten an seinem Brunnen sitzen sah, der wusste, dass seinem Hof Feuersnot bevorstand. Ging sie durchs Korn und sammelte Ähren, so kam Dürre und Teuerung über das Land.

Not im Korn hieß sie und wer sie sah, erschrak bis ins tiefste Herz. Niemand sprach laut von ihr. Ein einziges Mal war ein junger, kecker Knecht so fürwitzig gewesen, auf das Feld zu schlendern, auf dem Frau Not Ähren in ihr blaues Gewand las. Aber er vermochte nicht zu erzählen, was ihm begegnet war. Die Stimme war ihm für immer genommen und die Hand, die sich keck nach Frau Not ausgestreckt hatte, blieb für alle Zeiten gelähmt.

Die Alten verehrten sie schweigend. Sie war ihnen die mütterliche Seele ihres schönen, fruchtbaren Landes, die Gestalt gewann, um ihre Kinder vor Not zu warnen. Wie stark die mütterlich helfende Kraft der Frau Not war, das tat sich vorzeiten in folgender Begebenheit kund:

Es war ein fruchtbarer, üppiger Sommer gewesen. Mannshoch stand das strotzende Korn. Die Sonne glühte, man konnte mancherorts schon mit dem Einfahren beginnen.

Froh regten sich alle Hände, um den reichen Segen zu bergen. Einsam für sich lag ein großer, stattlicher Hof inmitten üppiger Felder und Weiden. Der Bauer, ein wortkarger, strenger Mann, konnte diesmal die Freude an den reichen Gaben der Erde nicht verbergen.

„Ein gutes Jahr, Mutter!", rief er der weißhaarigen Greisin zu, die am Tore stand, als er den ersten Weizen einfuhr. Die alte Frau schwieg, sie sah unverwandt über die Felder hin.

Der Bauer trat zu ihr.

„Ein reiches Jahr, Mutter", sagte er nochmals. Die Greisin wies stumm über die Felder.

Da ging Frau Not ungesehen zwischen den Schnittern einher, sie neigte sich über die fallenden Halme und barg die Ähren in ihrem blauen Gewand. Der Bauer war bleich geworden. Gesenkten Hauptes ging er ins Haus. An diesem Abend war eine schwere Stille in dem sonst so geschäftigen Hofe.

Die alte Mutter fand keine Ruhe. Angst und Sorgen um ihre Lieben trieb sie noch einmal hinaus. Was stand ihnen allen bevor? Sie trat ans Tor und spähte über die Felder mit ihren alten Augen. Noch immer schritt Frau Not durchs Korn, unaufhörlich neigte sie sich über die Ähren.

Da litt es die Greisin nicht länger, ihr banges Herz trieb sie hinaus. Demütig näherte sie sich dem Kornacker mit abgewandten Haupte.

„Wird es so schlimm?", fragte sie halblaut im Vorbeigehen mit zitternder Stimme, ohne hinüberzusehen nach der hohen, blauen Gestalt. „Sehr schlimm", klang eine dunkle Stimme an das Ohr der alten Frau, „sehr schlimm wird es für euch, Mutter."

Da stürzten der Greisin die Tränen aus den Augen, hilflos ließ sie sie über das runzlige Gesicht rinnen. Noch immer wagte sie nicht aufzusehen. Sie stand abgewandt und weinte über das Leid der Ihren.

Da fasste Erbarmen die mütterliche Frau Not. „Ich will euch helfen, wenn es am schlimmsten ist. Dort drüben am Bachgrund lasset ein paar Hocken Korn stehen, dorthin kommt, wenn ihr in Not seid, so will ich euer Leben wahren!", sagte sie. Die warme, dunkle Stimme tröstete die Greisin.

Das Unheil ließ nicht auf sich warten. Der Streit der hohen Herren und Fürsten trug wieder einmal Krieg und Verderben über das blühende Land. Die Bauern, die in der schweren Erntezeit standen, rüsteten sich zu spät. Bald stand mancher große Hof in hellen Bränden. Die Felder wurden verwüstet und zertreten und die wehrhaften Bauern erschlagen.

Auch auf den Hof der alten Mutter kam das Unglück. Der Bauer stellte sich mit seinen Knechten zur Wehr und wurde niedergeschlagen. Die junge Bäuerin wollte ihrem Mann zur Hilfe eilen. Sie wurde hart angefasst und konnte sich nur mit Mühe losreißen und das schwere Hoftor hinter sich zuschlagen.

Sie riss das Jüngste aus der Wiege und folgte der alten Mutter, die mit den beiden anderen Kindern ihr von der Gartenpforte winkte. Vom Weidengebüsch verdeckt liefen sie im Bach entlang zum Kornacker im Grund.

Da stand noch Korn in drei breiten, stattlichen Hocken, und vor der einen erwartete sie Frau Not. Sie hielt die vorderste Garbe wie ein Tor in der Hand und hieß sie eintreten. Gebückt traten sie ein und fanden sich zu ihrem Erstaunen in einer hohen, weiten Halle. Goldene Pfeilerbündel stützten das hohe Gewölbe. Ein sanftes Licht erhellte die Dämmerung in dem seltsamen Raume.

Erschöpft sanken die Frauen zu Boden, und als ihr Unglück ihnen ins Herz drang, begannen sie zu weinen. Die junge Bäuerin klagte um den erschlagenen Mann, die Greisin, der das Leid selbst schwer aufs Herz drückte, wusste sie nicht zu trösten. Auch die Kinder begannen zu schluchzen. Hatten doch auch sie im Rückblicken noch ein wildes Feuer aus den vollen Scheunen aufsteigen sehen.

„Tröstet euch", sagte die dunkle Stimme der Frau Not. „Was die Erde nimmt, kann die Erde wieder geben." Und sie brachte den Kindern Brot, das duftete süß und schwer wie das reife Korn.

Als das Kleinste, ein zarter Säugling, zu weinen begann, nahm sie ihn mütterlich auf den Arm. Liebreich sah sie auf ihn nieder und hüllte ihn warm in die blauen Falten ihres Mantels.

Das friedlich schlafende Kind gab sie der Mutter zurück. „Wartet auf mich", sagte sie zu den Frauen, als sich die Sterne mit silbernem Licht unter dem hohen Gewölbe entzündeten. Bald kam sie wieder.

Sie trug den todwunden Bauern wie ein Kind auf ihren Armen. Und sie bereitete ein Lager und bettete den Reglosen darauf. Sie legte kühles Linnen und heilende Kräuter auf seine wunde Brust.

Niemand von den Frauen wusste später mehr, wie lange sie bei Frau Not geweilt. Wie ein dämmriger Schleier lag es über ihren Sinnen.

Zur rechten Stunde hatte Frau Not die Heimatlosen zurückgeführt. Ihr Hof lag in Schutt und Asche. Wenig war von dem Wüten des Feuers verschont geblieben. „Fangt ein neues Leben an!", gebot ihnen die Frau, „willig dient die Erde dem Starken, der unbeirrt schafft, den die Not nicht zerbricht!" Und sie küsste den Jüngsten und nahm auch die anderen Kinder ans Herz. „Ihr seid das Leben!", sagte sie und lächelte mütterlich.

Viele Jahre vergingen. Der Hof hatte sich wieder erhoben. Die Felder trugen wieder goldenes Korn, die Wiesen grünten und blühten.

Der Knabe, der an der Brust der Frau Not geruht hatte, wurde ein großer und mächtiger Herr. Ihm schien die Erde mit Freuden zu dienen und auch die Menschen folgten ihm willig. Wenn die Seinen von der Not im Korn sprachen, lächelte er seltsam. Niemand wusste, ob er sie jemals wiedergesehen.

Das gefangene Herz

In einem kleinen Häuslein am Waldrand lebte einst ein armer Waldhüter mit Weib und Kind. So alt er schon war, und so schwer es ihm fiel, ging er doch noch jeden Tag in den Wald, um Holz zu schlagen.

Eines Wintertages aber wurde er krank und starb, und auch sein Weib folgte ihm bald unter die Erde. So stand das Mädchen ganz allein da und fürchtete sich sehr in seinem einsamen Häuslein. Doch musste es dort bleiben, solange der Schnee so hoch lag.

Als es Frühling wurde, fasste sich das Mädchen ein Herz. Es schloss sein Häuschen zu und ging in die weite Welt. Lange lief es durch den Wald ohne Weg und Steg und fürchtete sich sehr. Aber seine Sehnsucht, Menschen zu finden war so groß, dass es immer weiter ging und nicht ans Umkehren dachte. Als es nun schon lange gewandert war, kam es auf einen schmalen Weg, der führte immer weiter in die Fremde. Wie es so dahinschritt und sich von Herzen wünschte, aus dem Wald heraus zu freundlichen Menschen zu kommen, da sah es einen seltsamen weißen Stab am Wege liegen, der war mit wunderlichen Buchstaben und Zeichen bedeckt. Das Mädchen hob ihn auf, und siehe, der Stab führte es und ließ es nicht mehr frei. Es mochte wollen oder nicht, es musste dem Stab folgen.

Es wohnte aber ein Zauberer hinter dem Walde in seinem Hause, der hatte den Stab ausgeworfen, damit er das Mädchen zu ihm führe. Als das Mädchen nun aus dem Walde heraus schritt, sah es das Haus des Zauberers und freute sich sehr, dass es nun wieder zu Menschen käme.

Freundlich empfing der Alte das Mädchen, und als es um Obdach bat, gewährte er es gerne. Lange blieb es dort, denn der Zauberer hatte ihm den Sinn verwirrt, so dass es nicht mehr an das Fortgehen dachte.

Aber mit der Zeit wurde das Mädchen unruhig, es verlor seine Fröhlichkeit, und wusste nicht, was ihm fehlte. Der Zauberer merkte das, und da er wünschte, dass das Mädchen bei ihm bliebe, rührte er es an Stirn und Mund und es vergaß die Welt draußen. So blieb es in dem Hause des Zauberers und diente ihm. Und er erschien dem Mädchen in schöner, freundlicher Gestalt, so dass es mit großer Liebe an ihm hing.

Eines Tages sagte der Zauberer zu dem Mädchen: „Ich muss dich alleine lassen für lange Zeit." Da nahm er ein kristallenes Gefäß, und eines Nachts, als das Mädchen schlief, trat er an sein Lager, schlug ein Zauberzeichen über ihm, nahm sein Herz und verwahrte es in der gläsernen Kapsel. Als das Mädchen erwachte, war es bleich und müde. Es dachte, es hätte einen schweren Traum gehabt, doch konnte es sich auf nichts besinnen.

„Jetzt ist es an der Zeit, dass ich dich verlassen muss", sagte der Zauberer zu dem Mädchen. „Hüte mir mein Haus und verwahre es wohl, bis ich wieder komme." Das Mädchen blieb allein, doch hatte es keine Lust zur Arbeit. Am liebsten saß es am Fenster und schaute hinaus und wartete auf den Zauberer, denn es hatte große Sehnsucht nach ihm. Manchmal versuchte es fortzugehen, aber es ging nicht weit. Zu schwer war ihm der Weg. Auch fürchtete es sich vor der Welt.

Als der Zauberer zurückkam, freute sich das Mädchen sehr. Es erfüllte ihm jeden Wunsch und diente ihm willig, denn es fühlte sich wohl in seiner Nähe. Es wusste ja nicht, dass der Alte sein Herz immer in der gläsernen Kapsel bei sich trug. Das Haus hatte viele Fenster und eines Tages trat der Zauberer mit dem Mädchen an eines der Fenster und zeigte ihm die Welt. Da sah es durch jedes Fenster etwas anderes. Große, prächtige Städte durch das eine, hohe schneebedeckte Berge und Seen durch das andere. Ein drittes zeigte ihm ein schönes, stilles Waldtal mit einem munteren Bach. Das gefiel dem Mädchen sehr und es betrachtete sich gern die Welt, wie der Zauberer sie ihm zeigte. Auch gab er ihm Bücher und lehrte es zu lesen und zeigte ihm die Wege der Menschen und ihrer Werke.

So schön dies war, wurde das Mädchen doch bald wieder traurig und es ging im ganzen Hause umher, um etwas zu suchen, konnte es aber nicht finden. Nun rückte die Zeit wieder heran, da der Zauberer fort musste in ein anderes Land. „Ich werde lange bleiben", sagte er, „hüte mir gut mein Haus, bis ich wiederkomme."

Das Mädchen blieb allein zurück und je mehr Tage vergingen, um so bleicher und stiller wurde es. Eines Tages ging es traurig durch das ganze Haus, sah in alle Stuben und Kammern und kam auch in ein Kämmerlein, darin es noch nie gewesen. Da sah es allerlei seltsames Gerät an den Wänden hängen, schwere mit kunstvollen Schlössern versehene Bücher lagen auf den Tischen. In einem Winkel standen zwei Stäbe, ein weißer und ein blauer. Beide waren seltsam geschnitzt und mit fremden Worten beschrieben. Da nahm das Mädchen den blauen in die Hand und siehe, der Stab fing an zu wandern und wanderte mit ihr die Treppe hinab und aus dem Zauberhause hinaus.

Das Mädchen folgte dem Stabe, es wusste nicht, wie ihm geschah. Doch wurde ihm der Weg schwer und schwerer, je weiter es fortging von dem Hause, in dem es so lange gewohnt hatte. Eine schwere Müdigkeit überfiel das Mädchen, und als es seine Füße nicht mehr tragen wollten, da legte es sich unter einen Baum, um zu schlafen. Und es träumte ihm, dass der Baum seine Zweige rings um es hernieder senkte, so dass es wie in einem lichten, grünen Kämmerlein lag. Das gefiel ihm gut, doch wie es sich so freute, kam ein rotgefiedertes Vögelein und flog auf seine Brust. Und als es wieder aufflog, trug es sein Herz in seinem roten Schnabel davon und das Mädchen erwachte voll Schrecken.

Wie es so dasaß und über den Traum nachsann, hörte es ein helles Singen und ein fröhliches Gebell. Ein junger Jägersmann ging des Wegs vorüber, dem folgte ein munteres schwarzes Hündlein. Der Jäger trat erstaunt auf das Mädchen zu und fragte es nach dem Wege. Aber es wusste ihm keine Antwort zu sagen. Da nahm er es bei der Hand und führte es aus dem Wald heraus, denn es wollte bald Nacht werden. Als das Mädchen so an der Hand des jungen Jägers dahinschritt, wurde ihm so froh zumute und der Weg erschien ihm leicht und schön. Es war ihm, als kehre etwas zu ihm zurück, was es schon lange verloren hatte. Auch dem Jägersmann gefiel das bleiche, stille Mädchen gut. Als sie an seine Hütte kamen, sagte er zu ihm: „Dies ist mein Haus. Tritt ein, wenn du darin ruhen willst. Die Nacht kommt bald, dann ist es finster und unheimlich im

Wald. Bleibe du hier und ruhe dich aus." Und das Mädchen war froh, dass es bleiben konnte, denn es war sehr müde von dem weiten Wege.

Am anderen Tage, als das Mädchen weiter wandern wollte, fiel ihm der Abschied schwer. Es gefiel ihm in dem stillen Häuslein im Wald, und als der Jäger sie bat, da blieb sie gern, denn sie war ihm herzlich zugetan. Auch hatte sie sonst keine Heimat in der weiten Welt. So wurde sie des jungen Jägers Weib und blieb für immer bei ihm.

Am Anfang war das Mädchen fröhlicher und munterer als sonst. Es stand in der Türe, wartete auf den jungen Jäger und lauschte dem fröhlichen Lied der Waldvögel. Doch bald überfiel sie eine große Traurigkeit, sie ging im Häuslein hin und her, suchte etwas und fand es nicht, war voller Unruhe und wusste nicht warum. Der Jägersmann sah, dass sie nicht glücklich war. Eines Tages fragte er sie, warum sie so traurig sei. „Ach", sagte das Mädchen trübe und lehnte sich an ihn, „mein Herz ist tot und liegt mir wie ein Stein in der Brust. Ich bin müde und traurig und weiß nicht warum. Ich möchte fröhlich sein und kann es nicht. Wenn mir doch jemand helfen könnte." Als der Jäger das hörte, wurde auch er traurig und ging mit trübem Sinn in den Wald.

So aber war es mit dem Zauberer gegangen. Als er heimkam aus fernen Ländern, fand er das Haus leer. Er suchte das Mädchen überall und fand es nicht, und es fehlte ihm sehr. Da trat er an alle Fenster und sah durch sie in die Welt hinaus. Durch eines erblickte er die Wege, die das Mädchen gegangen war und sah, dass es in dem Waldhäuslein wohnte und des Jägers Weib geworden war. Als es dunkelte, nahm er ein helles Licht, das setzte er an dieses Fenster. Er zog das gläserne Herz hervor und hielt es hinter das Licht an das Fenster. Das Herz zuckte ängstlich und wand sich, doch konnte es nicht entrinnen.

Da sprang der rote Schein hinaus in die Welt, lief über Weg und Wasser, über Steg und Stein, bis er an das Waldhäuslein kam und trat an das Lager des Mädchens. Das lag und schlief und als der rote Schein über es fiel, da erhob es sich wie im Traum und folgte dem

Licht auf seinen bloßen Füßen über Steg und Weg, Stein und Dorn, bis es an das Haus des Zauberers kam.

„Warum rufst du mich", fragte es den Zauberer, „so lass du mich nun, da ich doch des Jägers Weib bin." Aber der Alte ließ sie nicht ziehen und sie musste bei ihm bleiben, bis grau und trübe der Morgen kam. Dann wanderte es zurück über Weg und Wasser, über Stein und Dorn, legte sich nieder und fiel in schweren Schlummer. Als es erwachte war der helle Tag gekommen und es hatte alles vergessen. Ihm war, als hätte es einen bösen Traum gehabt und die Füße taten ihm weh, wie von einem weiten, weiten Weg. Doch wusste es nicht, wohin es gewandert war in der Nacht. Und immer wieder kam der rote Schein über die Berge und das Mädchen musste ihm folgen in der Nacht durch den finsteren Wald. Doch wenn es des Morgens wieder erwachte, so wusste es nichts mehr. Da wurde das Mädchen bleich und still. Es aß und trank nichts mehr und wünschte sich zu sterben.

Als der Jäger dieses sah, wurde auch er sehr traurig und wusste nicht, wie er es ändern sollte. Wie er so eines Tages in trüben Sinnen durch den Wald ging, saß eine Waldfrau am Wege, die rief ihn freundlich an: „Was bist du so traurig, junges Blut? Komm setz dich nieder und klage mir dein Leid!" Und der Jäger setzte sich zu ihr und erzählte ihr alles. Die Waldfrau sann lange. Endlich sagte sie zu ihm: „Gib Acht diese Nacht, was mit deinem Weibe geschieht und schlafe nicht. Morgen komme wieder und erzähle mir, was du gesehen hast." Da ging der Jäger heim und wartete, bis der Abend kam.

Aber in der Nacht überfiel ihn eine schwere Müdigkeit und so sehr er sich auch wehrte, so war er doch bald in einen tiefen Schlaf gesunken. Als er am anderen Morgen die Waldfrau traf, fragte sie ihn, was er gesehen habe. „Nichts habe ich gesehen", erwiderte er, „Müdigkeit fiel über mich und ich musste schlafen, ob ich wollte oder nicht." „So nimm dieses", sagte die Waldfrau, „und lege es dir in der Nacht über Haupt und Haar, so wirst du wach bleiben und alles sehen, ohne dass dich jemand sieht." Da nahm der Jäger den

Schleier der Waldfrau und in der Nacht, als das Mädchen schon schlief, legte er ihn sich über Haupt und Haar und er blieb wach.

Da sah er, wie ein roter Schein gewandert kam über Weg und Wasser, über Steg und Stein und wie das Mädchen im Schlaf aufstand und ihm folgte wie im Traum auf ihren bloßen Füßen. Und er ging ihm nach und trat ungesehen in das Haus des Zauberers. Wie erschrak er, als er das gefangene Herz im Glase sah. Er versuchte heimlich, es dem Zauberer zu entwenden, doch gab dieser mit großer Sorgfalt Acht darauf. Der Jägersmann merkte sich alles. Als sie den weiten Weg zurückgegangen waren und das Mädchen in Schlaf gesunken war, lief er eilig in den Wald, um die Waldfrau zu rufen. Er erzählte ihr alles, und bat sie sehr, ihm zu sagen, wie er den Zauberer überwinden könnte. „Nicht du kannst den Zauberer überwinden", sprach die Waldfrau, „dein Weib muss sich selbst aus dem Bann befreien, sonst ist sein Herz verloren für immer." Und sie gab ihm einen Spiegel, der war klar und blank wie ein Waldsee. „Nimm diesen Spiegel. Wenn du heimkommst, so lass dein Weib hineinschauen. Du wirst sehen, was dann geschieht."

Da ging der Jäger heim, rief sein Weib und ließ es in den Spiegel schauen. Die helle Sonne fiel auf das blanke Glas, das Mädchen sah hinein und sah in vergangene Zeiten. Es sah ein Mädchen wandern durch den dunklen, dunklen Wald bis es einen weißen, seltsamen Stab auf der Erde liegen fand. Den hob es auf und der Stab führte es zu dem Haus des Zauberers. Und das Weib des Jägers sah den Zauberer im Spiegel in seiner rechten Gestalt, und es wandte sich ab und verbarg sein Gesicht.

„Sieh in den Spiegel!", sagte der Jägersmann und sein Weib schaute hinein.

Und es sah das Mädchen im Haus des Zauberers wohnen und sein Sinn war ihm verwirrt, so dass es nicht mehr ans Fortgehen dachte. Bald jedoch wurde es traurig und unruhig. Da rührte ihm der Zauberer an Stirn und Mund und es vergaß die weite Welt. Nach einiger Zeit aber, da der Alte das Mädchen verlassen musste, warf er einen Zauber über es, nahm sein Herz und verbarg es in einem kristallenen Glase. Da erschrak das Weib des Jägers und ließ den Spiegel fallen. Doch fiel er ins weiche Moos und zerbrach nicht. Der Jäger hob ihn auf und sagte zu seinem Weib: „Sieh in den Spiegel", und es sah hinein und erschaute alles, was sich noch begeben hatte: Es sah sich wandern mit dem blauen Stabe und in dem Jägerhause wohnen. In der Nacht aber kam der rote Schein gezogen über Weg und Wasser, über Steg und Stein und es sah sich im Traume ihm folgen auf bloßen Füßen und im Hause des Zauberers weilen, bis der Morgen kam.

Da fiel das Mädchen dem Jäger weinend um den Hals und er schwieg und ließ es weinen. Als es nun genug geweint hatte, fragte er sein Weib: „Was willst du tun?" „Ich weiß es schon", sagte es. Und sie gingen in ihr Haus.

In der Nacht, als es dunkel geworden war und der Jäger schlief, stand das Mädchen auf, küsste ihn dreimal und nahm drei Haare von seinem Haupte mit sich auf den Weg. Dann wanderte es durch den finsteren Wald, bis es an das Haus des Zauberers kam. Furchtlos trat es hinein. „Bist du gekommen?", fragte der Alte freundlich. „Ja", sagte das Mädchen und warf die drei Haare seines Liebsten auf ihn. Da musste er ihr in seiner rechten Gestalt erscheinen und hatte keine Macht mehr über sie.

Als ihr da das Herz, das so lange verloren war, in die Hände sprang, da wandte sich das Mädchen eilig und lief den weiten Weg zurück über Weg und Wasser, über Stein und Dorn. Das rote Herz klopfte und sprang vor Freude und leuchtete rosenrot weit den Weg voraus.

Der Jäger war mitten in der Nacht aufgewacht. Als er sah, dass er alleine war, sprang er auf und lief hinaus in den Wald. Da sah er von weitem den hellen Schein und das Mädchen kam freudig gelaufen. Lachend und weinend fiel es ihm um den Hals und küsste ihn so recht von Herzen. Da umfing er es fest mit seinen Armen und wie sie so glücklich waren, zersprang das kristallene Glas mit hellem Klingen. Das rote Herz sprang heraus und sank wieder in des Mädchens Brust. Wie wurden da ihre Wangen frisch und rot! Und wie klopfte ihr freudig das Herz in der Brust! Sie gingen zusammen zurück durch den Wald und sahen, wie so hell und schön der Morgen kam.

Von dieser Zeit an wohnte das Glück im Jägerhaus und niemand konnte es mehr zerstören.

Das Scheuermärchen

Vor vielen Jahren ist das geschehen. Da ist einmal eine Frau gestorben, die ihr Lebtag sehr fleißig und arbeitsam gewesen war. Nichts anderes hatte sie gekannt als Fegen und Wischen, Putzen und Räumen tagein, tagaus, all die vielen Jahre lang.

Als sie nun gestorben war, beklagten sie alle sehr. Die Nachbarinnen kamen und weinten. „Wie ist sie so ordentlich gewesen", sagten sie, „blitzblank war es immer bei ihr. Ja, das war wirklich eine fleißige und saubere Frau."

„Ja", sagte der Mann bedrückt, „sauber und ordentlich war sie, das ist wahr."

„Ach, fast zu ordentlich war sie", klagte eine andere Nachbarin. „Keine Ruhe hat sie sich gegönnt, immer nur sah man sie mit dem Besen und der Scheuerbürste in der Hand. So eine fleißige und arbeitsame Frau gibt es so schnell nicht wieder!"

„Ja", antwortete der Mann traurig, „fleißig und arbeitsam war sie!"

Als die Frau nun begraben war, da war der Mann allein mit den Kindern. Es war so ruhig geworden im Haus. Die Kinder lauschten, ob sich das wohlbekannte Scheuern und Bürsten, das Teppichklopfen und Stühlerücken nicht wieder hören ließe. Aber es blieb still und alle fanden sich darein.

Dem Mann erging es sonderbar. Die älteste Tochter, ein stilles und bescheidenes Mädchen, führte nun den Haushalt. Leise waltete sie in den Stuben und in der Küche, man hörte sie kaum bei der Arbeit.

„Wie friedlich ist es geworden", dachte der Mann, wenn er abends still in der Sofaecke saß. Er wusste nicht, ob dies Trauer war, was ihm das Herz schwer und leicht zugleich machte.

Die Seele der Frau aber stieg indessen zum Himmel empor. Eine lange Wanderung war das. Die Sterne wanderten groß und erhaben über den Himmel. Die Seele der fleißigen Frau aber stieg unverdrossen immer höher und höher hinauf.

„Das ist aber ein langer Weg, bis man da oben ist!", dachte sie. „Da bin ich froh, dass ich diese Treppen nicht zu scheuern brauche!" Endlich war sie oben angekommen und stand vor der Himmelstüre.

Ein Engel im weißen Kleid führte sie in den hohen Himmelssaal. „Schön ist es hier", dachte die Frau, „alles ist so fein blank und aufgeräumt." Und sie trat vor den himmlischen Thron und verneigte sich.

„Bist du gekommen?", begrüßte sie der liebe Gott freundlich. „So sage mir, meine liebe Seele, wie hat es dir gefallen auf der Erde?"

„Nun, es war ganz schön", antwortete die Frau, „wie das eben so ist im Leben."

„Warum sagst du dieses?", fragte Gottvater erstaunt. „Warst du nicht zufrieden mit dem Leben, das ich dir gab?"

„Doch", sagte die Frau zögernd, „zufrieden war ich schon. Solange ich unten war, habe ich gedacht, es müsste alles so sein. Nun meine ich aber, ich hätte nicht viel von meinem Leben gehabt als Arbeit und Sorgen und wieder Arbeit jahraus, jahrein."

„Wie", forschte Gott, „gab ich dir nicht einen guten Mann zur Seite? War dein Herz nicht froh über den lieben Gefährten, den das Leben dir schenkte?"

„Freilich", sagte die Frau nachgiebig. „Lieb war er schon und gut auch. Aber wie das so mit Mannsleuten ist. Morgens gehen sie zur Arbeit und abends kommen sie, dann sind sie müde und wollen ihre Ruhe haben. Und unsereins hat sich den ganzen Tag abgerackert. Da ist man auch müde und hat nicht mehr viel voneinander."

„Und die fünf Kinder, die ich dir gab", fragte Gott die Seele, die vor ihm stand. „Waren sie nicht gesund und wohl geraten, haben sie dein Herz nicht mit Glück und Frieden erfüllt?"

„Frieden?", lachte die Frau, „Frieden hast du keinen, wenn du fünf Kinder hast. Freilich war es schön, wie so eins nach dem anderen ankam. Und sie waren ja auch alle gesund und keins ist aus der Art geschlagen. Aber die Arbeit bei fünf Kindern! Das Hosenflicken und Strümpfestopfen alleweil und die Unordnung überall in den Stuben! Da kommt man den ganzen Tag nicht zur Ruhe. Sind sie dann größer, da ist das Leben schon leichter. Aber so lange sie klein sind, hat man zum Glück und Frieden keine Zeit!"

„Schenkte ich dir nicht ein Häuschen, in dem du friedlich wohnen konntest mit den Deinigen?", fragte Gott. „War dein Herz nicht froh über diesen Besitz?" „Froh?", meinte die Frau und zögerte, „froh wird man nicht in solchem Haus. Was gibt es da für Arbeit den ganzen Tag! Das Fensterputzen und das Treppenscheuern Tag für Tag. Freilich bei den vielen Kindern ist es schon besser, man wohnt in einem eigenen Häuschen und hat mit niemand Ärger. Aber die Plage ist mir oft zu viel geworden."

„Der Garten", mahnte Gott die Seele, „der Garten, den du bekamst, war er dir nicht eine Freude? Wuchs darin nicht alles, was du brauchtest? War er dir nicht ein Glück, der Garten, den ich dir gab?"

„Geh nur", sagte die Frau ärgerlich, „der Garten hat mich was geplagt! Was hab ich da für Arbeit hineingesteckt! Freilich, wenn dann alles so schön wuchs, die Radieschen und der Salat, nachher die Tomaten und Äpfel, das war schon schön. Aber jeden Tag die Arbeit im Haus, die vielen Kinder und dann noch der Garten. Was hab ich da geschafft, gehackt, gejätet und gegossen. Aber das ist nun mal so auf der Welt mit uns Weiberleut. Für uns gibt's nur Arbeit im Leben und weiter nichts!"

„Freute sich dein Herz nicht am Frühling?", fragte Gottvater wieder. „Sahst du nicht die Pracht der blühenden Bäume, erquickte dich nicht der fröhliche Gesang der Vögel? Erfreutest du dich nicht an den blühenden Blumen auf den Wiesen? Hat sich dein Herz nicht gerührt, wenn du die Erde sahst im lieblichen Frühlingsschmuck?"

„Oh ja", antwortete die Frau, „schön ist der Frühling, das ist wahr. Dann ist der Winter vorbei und man braucht nicht mehr zu heizen. Und wenn die Kinder barfuß laufen, was man da an Strümpfen spart! Oh ja, ich hab mich immer gefreut, wenn der Frühling kam. Aber dann kam das große Frühjahrsreinemachen und die viele Arbeit, all die Stuben gründlich aufzuräumen. Da hab ich nicht viel Zeit gehabt, nach den Blumen zu gucken und auf die Vögel zu horchen. Nein, glaube mir, lieber Gott, eine Frau hat nicht viel vom Leben!"

„Und die Sterne", fragte Gott ernst, „haben dir die Sterne nichts gesagt, wenn sie Abend strahlend und groß über deinem Dasein standen? Haben sie dein Herz nicht an das Ewige gemahnt, wurde dir da über dem Aufblick ins Unendliche das Kleine nicht leicht und wesenlos? Spürtest du kein Heimweh nach dem Erhabenen, wenn du abends in die Sterne schautest?"

„In die Sterne?", verwunderte sich die Frau, „wann hätte ich in die Sterne sehen sollen? Da mussten erst die fünf Kinder zu Bett, dann gab es jeden Abend Hosen zu flicken und Knöpfe anzunähen. Hätte ich da lang in die Sterne gesehen, wären mir die Kinder am anderen Tag unordentlich herumgelaufen!"

„Aber wenn du Musik hörtest", fragte Gott die Seele, „war dann dein Herz nicht zufrieden und stille? Kam sie nie zu dir als Trösterin und erquickte dich mit ihrem himmlischen Wohllaut? Erhob sie dich nie zu einem seligen Einklang mit allem, was ich geschaffen habe?"

„Wann hätte ich denn Musik hören sollen?", fragte die Frau kleinlaut. „Sonntags in der Kirche, aber da hatte ich immer zu viele andere Gedanken im Kopf. Und abends war ich zu müde, da schlief ich meistens ein. Wenn man so fleißig geschafft hat den ganzen Tag, da will man abends doch seine Ruhe haben!"

Die Frau stand unmutig da und Gott schwieg. Gott schwieg lange, und die Seele, die vor ihm stand, erschrak. Demütig wartete sie, was nun geschehen würde. Nach einer Weile begann sie ganz in Gedanken mit dem Finger über die goldene Säule zu fahren, die neben ihr emporragte und das Gewölbe des Saales trug.

„Gibt es hier oben doch wahrhaftig auch Staub", dachte die Frau, und begann emsiger mit dem Finger Staub zu wischen.

„Was willst du tun, da du nun im Himmel bist?", klang Gottes große, gütige Stimme an ihr Ohr.

„Ich weiß es nicht, lieber Gott", sagte die Frau bedrückt und legte die Hände zusammen. „Hast du denn keine Arbeit für mich?"

„Wenn du arbeiten willst, so komm", sagte Gottes Stimme nach einer langen Zeit. Und er führte sie in einen großen, großen Saal mit unzähligen Fenstern.

„Dieses sind die Himmelsfenster, die Sterne" sagte Gott lächelnd. „Du hast Arbeit genug, wenn du diese Fenster putzen willst!"

Die Frau sah sich um, da hatte sie wirklich reichlich Arbeit. Sie seufzte, sie hatte sich das Leben im Himmel eigentlich anders gedacht. Nun erst merkte sie, dass Gott gegangen war und sie allein in dem riesigen Saale stand. Ein Engel kam und brachte ihr Eimer, Bürste und Fenstertuch. Da fasste sie sich ein Herz und begann mit der Arbeit. Manchmal glaubte sie eine überirdisch schöne Musik zu hören, aber sie nahm sich nicht die Zeit, lange darauf zu lauschen. Ich weiß nicht, wieviel tausend Fenster sie schon geputzt hatte, als Gottvater wieder in den Saal trat.

„Nun", fragte er, „wie gefällt dir deine Arbeit, bist du bald fertig damit?"

„Es geht ganz schön voran", meinte die Frau, „die Scheiben sind ja fast gar nicht schmutzig. Mit den Fenstern nach vorn heraus bin ich bald fertig. Die nach hinten kommen zuletzt, da sieht man es ja nicht so!"

Und Gottvater lächelte und ließ sie wieder allein. Lange Zeit war vergangen, da war die Frau fertig. Ein Engel erschien und führte sie hinaus in den himmlischen Garten. Der stand voller Lilien und Rosen, eine überaus liebliche Musik ertönte. Schöne Paradiesvögel saßen in den blühenden Bäumen. Kleine niedliche Engelkinder spielten miteinander. Mit ihren rosigen Flügeln flogen sie zu den Blumen, die ihnen in ihren Blütenschalen duftenden Honig und Himmelstau zur Labung boten.

Die Frau ging durch den ganzen Garten. Sie sah die Seligen in schimmernden Gewändern unter den Blütenbäumen ruhen. Im duftenden Grase saßen schöne Jungfrauen und sangen so liebliche Weisen, dass die Frau eine Weile erstaunt hinüberhorchte. Sie ging weiter und traf ehrwürdige, weißbärtige Männer in ernsthaften Gesprächen miteinander über die weißen Kieswege wandeln. Junge Frauen mit lieblichen Kindern brachen sich Blumen und schmückten die Locken der Kleinen damit. Es war ein seliger Frieden in diesem schönen Garten. Die Frau in ihrem dunklen Kleid ging unruhig immer weiter. Schön war der Paradiesgarten, aber dies alles, die Musik, der Duft der himmlischen Blumen, die heiteren Gesichter der Seligen machten sie unruhig und traurig.

Als sie das Gartentor hinter sich schloss, setzte sie sich auf eine Wolke und dachte nach. Fern von hier zogen einige graue, dunkle Wolken, dorthin lenkte sie ihre Schritte.

„Wie schmutzig die Wolken hier sind", dachte die Frau und rieb mit einem Zipfel ihres Kleides daran herum. Da kam Gott vorbeigegangen.

„Warst du in meinem Garten?", fragte er die Frau. „Ja", sagte die Frau zerstreut und rieb in Gedanken an der Wolke herum. „Hast du neue Arbeit gefunden?", fragte Gottvater ernst die Frau. „Ja", antwortete sie eifrig. „Wenn man tüchtig reibt, so werden sie wirklich schön weiß!", und dabei polierte sie fleißig die dunkle Wolke. „Willst du nicht in meinen Garten kommen zu den Seligen?", fragte Gott die Frau.

„Ach!", sagte sie, „lieber Gott, wenn dir es recht ist, scheuere ich schnell hier die paar grauen Wolken. Wenn ich fertig bin, dann komme ich ein bisschen rüber."

Da sah Gott sie lange an und die Frau las Trauer und ein großes Mitleid in seinen Augen. Es wurde ihr bange in der tiefsten Seele. Lange sah sie ihm nach, als er langsam weiterging. Ihr Herz bebte in einer großen Furcht, als hätte sie etwas unendlich Kostbares verloren. Sie hörte ganz fern den Gesang der Seligen und das fröhliche Lachen der kleinen Engelkinder. Es erschien ihr, als entferne sich die himmlische Musik immer weiter und weiter.

Es kam abermals ein Engel, der brachte ihr Eimer, Bürste und Scheuertuch. Und die Frau begann, die grauen Wolken zu scheuern. Es waren erst wenige gewesen. Aber es wurden immer mehr. Unabsehbare Scharen wanderten auf sie zu. Die Frau scheuerte und scheuerte. Manchmal, wenn sie müde wurde, lauschte sie, ob sie die Engel singen hören könnte. Aber kein Laut drang zu ihr. Sie war allein. Sie war ganz allein in den grauen Wolken, die sie von allen Seiten umgaben. Sie sah die Sonne nicht mehr und auch die Sterne nicht mehr. Grau und dunkel war es um sie. Da erschrak sie so, dass sie niedersank. Dann raffte sie sich auf und lief in Furcht und Eile den Weg zurück, aber sie fand den himmlischen Garten nicht mehr. Er war verschwunden. Graue Wolken umgaben sie Tag und Nacht.

Und sie musste sie scheuern. In der tiefen Stille erschrak sie vor dem Kratzen der Scheuerbürste, es dröhnte ihr in den Ohren, dass sie ihr wehtaten. Wenn sie aber aufhörte mit der Arbeit, wurde ihr bange vor der lautlosen Stille, die sie umgab. So scheuerte sie die grauen Wolken immer weiter, immer weiter.

Als dann der Engel mit den goldenen Flügeln vor ihr stand, fiel sie auf ihre Knie nieder.

„Wie lange war ich allein?", fragte sie angstvoll. „Hundert Jahre" antwortete der Engel und ging weiter. „Gehe nicht", flehte die Frau, aber der Engel entschwebte. Und der Glanz auf seinen schimmernden Flügeln ließ die grauen Wolken golden aufleuchten. „Wann kommst du wieder?", schrie die Frau dem Engel nach. „In hundert Jahren", rief er zurück und breitete die schönen Flügel weit aus. Die Frau sank weinend nieder. Die Zeit verrann. Sie ließ die Hände ruhen und sann und sann. Wie schön waren die goldenen Flügel des Engels gewesen und wie wunderbar hatten die grauen Wolken den Glanz widergestrahlt. „Schöner war es als das Abendrot", dachte die Frau und ein tiefes Heimweh nach der Erde, nach ihrem Mann und den Kindern erfasste sie. Wie glücklich war sie mit ihm gewesen. Sie sann und sann und ihr ganzes Leben zog an ihr vorüber. „Wie reich und glücklich war ich", dachte sie und fing an zu weinen. Und wohin ihre Tränen fielen, da wurden die grauen Wolken weiß und durchsichtig und auch ihr dunkles Kleid wurde weiß und schön.

Als sie den Engel wiederkommen sah, erstaunte sie, dass die hundert Jahre schon vorbei seien. Er trug eine Rose aus dem himmlischen Garten in der Hand. „Schaue durch diesen Stein!", gebot er. Und er ließ die Frau durch einen großen strahlenden Edelstein schauen. Da schoben sich die Wolken auseinander und die Frau erschaute die Schönheit und Pracht der Erde. Und sie sah die Erhabenheit und ewige Schönheit der Sterne und sah Sonne und Mond im himmlischen Glanz. Sie sah auch die unendlichen Wolken, sah den Regen fallen und die dürstende Erde netzen. Und das Herz ging ihr weit auf und sie pries die Schönheit und Größe der Schöpfung.

Der Engel im regenbogenfarbenen Gewand legte die Rose aus dem himmlischen Garten in den Schoß der Frau.

„Wann kommst du wieder?", fragte sie ihn. „In hundert Jahren", antwortete der Engel und lächelte. Die Frau schaute in das selige Antlitz des Engels und schwieg. Sie nahm die Rose in die Hand und dankte dem goldflügeligen Himmelsboten. Und der weiche Flügel des Engels berührte ihre Augen im Entschweben. Da sah sie wie schön die Rose war. Sie hielt sie noch staunend und bewundernd in der Hand als der Engel wiederkam. Auf einer goldenen Wolke nahte er sich, eine Schar rosiger Engelkinder umschwebte ihn singend. Er trug eine goldene Harfe in der Hand.

„Spiele auf dieser Harfe!", gebot der Engel. Da berührte die Frau die goldenen Saiten und ein Wohlklang von Tönen entquoll ihnen. Der Engel berührte mit sanfter Hand die Ohren der Frau, da wurde ihr geschenkt, die himmlischen Harmonien zu hören. Wie auf Engelsflügeln flog da das Herz der Frau den seligen Klängen nach. Ihr war, als schwebe sie an der Hand des Engels durch wunderbare Reiche des Einklangs und des Friedens.

Da legte der Engel die zweite Rose in den Schoß der Frau. In beiden Händen hielt die Frau die Rosen aus dem himmlischen Garten und sie erblühten immer schöner, je mehr sich das Herz der Frau mit Bewunderung und Verehrung füllte. Tränen des Glückes und Dankes glänzten wie Tautropfen in den roten Rosen.

Als der Engel zum dritten Mal wiederkehrte, war sein Antlitz voller Ernst und Trauer. Er trug einen Dornenstrauch in den Händen, darin lag ein rotes Herz. Die Blutstropfen, die aus dem Herzen fielen, erblühten zu dunkelroten Rosen in den Dornen. Eine von diesen Rosen legte der Engel in den Schoß der Frau und berührte ihr Herz. Da erschrak die Frau vor Schmerz und Angst.

„Sieh hinunter auf die Erde", gebot der Engel. Und die Frau sah die Erde unter sich liegen und sah das Leid und Unglück auf der Erde. Sie sah, wie die Menschen sich quälten und hassten, wie sie einsam waren und sich nach Liebe sehnten. Sie sah alle Not der Menschenkinder, ihren Hass und Unfrieden. Und sie schrie auf vor Mitleid mit ihnen.

„Schön ist die Erde, schön ist der Himmel", sprach der Engel mit dunklem Angesicht. „Aber die Menschen sind voller Leid und Schuld. Die Rosen der Schönheit, des Wohlklangs und der Liebe blühen nicht auf der Erde, ohne sie aber wird die Erde nicht erlöst."

Da hörten sie eine überirdisch schöne Musik. Ein Chor singender Engel zog an ihnen vorüber. Die Frau erhob sich und verneigte sich vor Gott.

„Willst du nun zu mir in meinen Garten kommen?", fragte Gott die Frau.

Diese sah hinunter auf die Erde, die im Sonnenglanz unter ihr kreiste. „Schön ist der Garten der Seligen", antwortete die Frau. „Aber die unerlöste Erde erfüllt mich mit Sehnsucht. Drei Rosen gab mir der Engel. Mein Herz ist voll Unruhe, sie den Menschen zu bringen als ein Geschenk des Himmels, das sie aus Leid und Schuld erlöse."

„Versuche es", sagte Gott und sein Antlitz war voll Güte und Trauer. „Ein neues Leben will ich dir geben, damit du die drei Rosen aus dem himmlischen Garten auf die Erde bringen kannst."

Und Gott küsste die Frau auf die Stirn. Da stieg sie als neugeborene Seele mit den drei Rosen aus Gottes Garten auf die wartende Erde hinunter.

Über die Autorin und ihre Märchen

1941 lebte Grete Hoyer als jung verheiratete 37-jährige Frau mit ihren beiden kleinen Mädchen allein, denn es war Krieg und ihr Mann als Soldat an der Front. Sie war mit ihm vier Jahre zuvor auf seine erste Försterstelle in ein kleines idyllisches Dorf im Vogtland gezogen. Nun lebte sie hier mit ihren Kindern zwar begeistert in einer schönen, noch sehr ursprünglichen Natur, andererseits aber als „Fremde aus der Stadt" in diesem Dorf sehr einsam. Sie fühlte sich auf sich selbst zurück geworfen und schickte beinahe täglich Briefe an ihren Mann. Seit Jahren schon schrieb sie Tagebücher und Gedichte, nun entstanden die ersten Märchen als Versuch, die Gedanken, Gefühle und Bilder, die sie bedrängten und beschäftigten, in Worte zu fassen und ihr Alleinsein zu bewältigen.

„Marit und die Rotröckchen" spiegelt sehr deutlich ihre Fremdheitssituation im Dorf, ihr Alleinsein und die Sehnsucht nach einer gelebten Partnerschaft wider.

Auch das Mädchen „Siebentau" ist anders als die anderen. Der Zauber ihrer Schönheit bringt mit der Bewunderung aber nur Entfremdung, keine warmen, lebendigen Beziehungen.

In „Tanz um die Spindel" ist das anders. Die Lebensfreude siegt am Ende über die aufgezwungene Pflicht. Tanz und Bewegung begleiteten die Autorin - sie war vor der Ehe selbständige Gymnastiklehrerin gewesen - immer als belebendes Element.

„Die Holderfrau" ist ein Märchen um das zentrale Thema Mütterlichkeit und Muttersein, das die Autorin immer wieder beschäftigt. Das ursprüngliche Bauerndenken „Der Erbe für den Hof ist wichtiger als das eigene Leben" ist wohl damals noch sehr lebendig gewesen, wie auch das Wissen um das Heilen und die besonderen Heilkräfte des Holunders.

„Frau Not im Korn", die die Menschen vor Not und Unheil warnt und sie sogar retten kann, ist wie die Holderfrau eine Gestalt der Natur oder Mutter Erde in ihrer lebensbewahrenden, mütterlichen Eigenschaft.

„Das gefangene Herz" entstand aus der tiefen persönlichen Erfahrung einer vergangenen Liebe zu einem väterlichen Freund, die der Gegenwartsbeziehung die Kraft nimmt und sie lähmt. Es ist nicht einfach, sich aus dieser „Gefangenschaft" zu befreien.

„Das Scheuermärchen" ist ein stiller Protest gegen die damals noch viel fester sitzenden Normen 'Ordnung, Sauberkeit und Fleiß' als angebliche Tugenden einer guten Hausfrau. In Wirklichkeit entfremden sie die rastlose Frau von sich selbst und dem wahren Sinn ihres Lebens.

Nach diesen ersten, eher nachdenklichen Geschichten für Frauen sind im Laufe der Jahre noch viele weitere entstanden, besonders aber fantasie- und humorvolle Märchen für Kinder, die später erscheinen sollen.

Renate Thümmel, Mai 2000